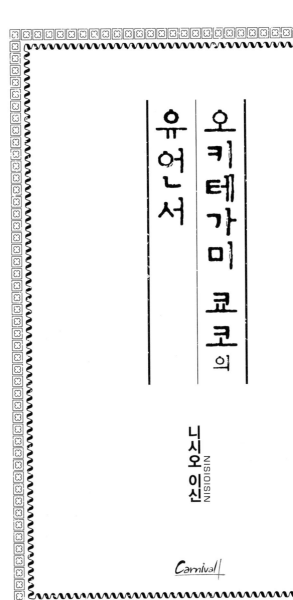

오키테가미 쿄코의 유언서

유언서

니시오 이신
NISIOISIN

Carnival

Okitegami Kyouko no Yuigonsho

유언 소녀에게 바침.

제 1 장

입원하는 카쿠시다테 야쿠스케

1

와작, 하고 달걀을 깨뜨린 듯한 소리가 났다.

내 몸 안에서다.

무슨 일이 일어났는지 종잡을 수 없고 도통 영문을 알 수 없었다는 표현은 이 경우에는 몹시 수사적이며 사실을 전혀 나타내지 못한다. 실제로는 '영문을 알 수 없다'라고 생각할 겨를도 없이 내 의식은 차단되었다.

기껏해야 인간이란 죽는 순간에는 이처럼 어이없이 가는구나, 하고 느낀 정도이다.

2

뭐, 그런 식으로 어이없이 죽을 수 있다면 인생에 고생은 없을 것이며, 목숨은 덧없는 것인 동시에 질긴 것이기도 하다.

복합빌딩 옥상에서 떨어진 여중생이 귀갓길에 오르려고 길을 걷던 나를 직격했음을 안 것은 일주일 동안 생사의 경계를 헤맨 끝에 병원 침대 위에서 깨어난 뒤였다.

목숨은 건진 모양이다.

다만, 그 행운을 곱씹고 신에게 감사하기에는, 이번에 말 그대로 내 몸을 덮친 불행은 너무나도 도가 지나쳤다. 오히려 무슨 원한이라도 있냐면서 신을 저주하고 싶은 심정이다.

가뜩이나 평소 일상적이고도 항시적으로, 경범죄부터 흉악 범죄까지 숱한 범죄 사안에 휘말리는 데다 그때마다 터무니없는 의심의 시선을 받아 용의자로 취급당하는, 수시로 누명을 뒤집어쓰는 나이지만, 오랜만에(가까스로) 취직이 확정된 참에 어째서 이런 지독한 꼴을 당하지 않으면 안 되는가.

구체적인 피해를 보고하자면, 목숨은 건졌으나 우측 전완부와 우측 대퇴부가 멋지게 골절되어 당연하게도 나는 당분간 일할 수 없다. 일은커녕 만족스럽게 글씨를 쓸 수도 없고 음식을 먹을 수조차 없다. 그런 이유로 물론 퇴직은 불가피했다.

최근에는 이력서를 쓰는 틈틈이 비망록 비슷한 글을 쓰게 되었는데, 이렇게 되니 나는 작가라도 되는 수밖에 없다는 생각이 새록새록 든다.

그런 말을 했더니,

"작가라도라니. 이봐, 이봐. 작가를 우습게보지 말라고, 야쿠스케."

라고, 병문안을 온 콘도紺藤 씨가 나무랐다. 대형 출판사인 사쿠소샤作創社에서 근무하는 사원이자, 30대라는 젊은 나이로 주간 만화잡지 편집부를 이끄는 부장 직에 오른 콘도 씨는 과거 소설 부서 소속이었기에 내 경솔한 발언을 흘려들을 수 없었는지도 모른다.

확실히 실언이었다며 사과하려고 하는 내게 콘도 씨는 "뭐, 사실은." 하며 별안간 웃었다.

"작가를 우습게보는 청년이야말로 뜻밖에도 쉽게 작가가 되어 버리거나 하지. 그런 의미에서라면 넌 상당히 자질이 있어. 그야, 평소에 체험하는 사건을 문자화하기만 해도 책을 몇 권이고 쓸 수 있을 테니까. 이번 체험도 꽤 귀한 것이겠지."

놀리는 건지 격려하는 건지, 어느 쪽으로든 해석될 것 같으면서도 어느 쪽으로도 해석될 것 같지 않은 말투이다. 여기서는 호의적으로 받아들이기로 하자.

"그나저나."

라고 콘도 씨는 침대 옆에서 사과를 깎으며 말을 이었다. 옛 상사인 콘도 씨에게 그런 일을 시키려니 한없이 죄송스럽지만, 오른손을 자유롭게 쓸 수 없는 몸으로서는 의지하는 수밖에 없다.

게다가 그렇게 사양하는 것이야말로 콘도 씨가 가장 싫어하는 행동이다. 지금은 그냥 친구 사이라는 이유로 경어를 쓰는 것조차 허락해 주지 않을 정도이니까.

"하늘에서 여자아이가 떨어진다는 일은 만화 세계에서라면 꽤 동경하는 이벤트인데. 그 일이 실제로 일어나니 이렇게 비참해지는구나…. 너도 제법 비참한 꼴을 당해 왔지만 입원한 적은 의외로 드물지 않아?"

"응, 뭐 그렇지. 귀한 체험이야."

하긴, 일어난 현상을 감안하건대 그래도 이 정도면 경상으로 끝난 편이다. 주치의의 말에 따르면 이렇게 의식만 돌아와 주면 생명에 지장은 없고, 골절된 부위 또한 틀림없이 후유증도 남지 않을 거란다.

마음만 먹으면 오늘이라도 퇴원할 수 있다고 장담했다. 그건 뭐, 병상이 한정되어 있는 병원이니 계속 개인 병실을 점령하지 말아 주었으면 하는 병원 측의 본심이 드러난 것이었는지도 모르지만.

"어쨌든, 입원비도 만만치 않을 테니 빨리 퇴원할 수 있다면 그보다 좋은 건 없겠지. 부모님에게 받은 튼튼한 몸에 감사해야 겠군, 야쿠스케."

"응, 그건 맞는 말이야. 감사와 감격이 휘몰아친다니까."

신장 190센티미터가 넘는 거대한 몸 따위는 일상생활을 보내는 데 거추장스럽다고 거리낌 없이 말해 온 나였으나(오히려 이 신장 때문에 쓸데없이 튀어서 툭하면 의혹의 시선을 받는 거라고 생각했었다), 이번에는 그 덕에 목숨을 건졌다면 불행 중 다행이라고 할 수밖에 없다.

"골절은 아물면 전보다 튼튼해진다잖아. 여기서 더 튼튼해져서 뭐 하나 싶지만."

"하하, 그건 속설인걸."

속설인가.

하긴, 근육이 아니니 그런 초과 회복* 같은 건 안 하려나. 과연 콘도 씨, 박식하다.

속설 하니까 말인데, 고대 그리스의 철학자인가 누군가가 머리 위의 새가 떨어뜨린 거북이 등껍질을 직통으로 맞고 목숨을 잃었다는 속설도 있다. 머리 위로 여중생이 떨어져서 보디 어택을 먹었다는 건 그와 마찬가지로 불운이기는 하나, 그게 죽음의 원인이 되진 않았으니 아슬아슬하게나마 내 악운도 다하지는 않았나 보다.

게다가 그것은 나에게 한정된 이야기가 아니다.

낙하한 여중생 또한, 떨어진 지점에 내가 걷고 있어서 목숨을 건졌다. 7층짜리 복합빌딩의 옥상에서 떨어졌다. 보통은 떨어짐과 동시에 목숨도 잃었겠지. 바로 나라는 쿠션이 있었기 때문에 그녀는 죽지 않을 수 있었다.

여중생, 정확히는 중학교 1학년.

아직 생일을 맞기 이전의 열두 살 여자아이다. 틴에이저조차 되지 않았으니 뭐, 어린아이라고 해도 관계없다.

그 또한 다행인 요소였다.

혹시라도 내 몸이 조금만 더 작았으면, 그리고 혹시라도 한창

※초과 회복 : 강한 부하로 손상된 근육이 휴식으로 회복되면서 전보다 강해지는 것.

성장기인 그녀의 학년이 한 학년이라도 더 위였으면 서로 무사하지 못했을지도 모른다.

하긴, 나는 이렇게 의식을 되찾았지만 다른 병원에서 여전히 생사의 경계를 헤매고 있는 그녀는 별로 무사하다고 말하기 힘들다.

한마디로 의식불명이라고 해도, 그녀가 구체적으로 어떤 상태인지는 입원 중인 내 입장에서는 잘 알 수 없지만, 적어도 내 헌신적인 희생으로 한 소녀가 살았다며 우쭐해할 만한 상황이 아닌 건 확실했다.

…게다가, 치료한 보람이 있어서 혹시 이다음에 그녀가 무사히 의식을 되찾는다 해도 그녀가 내게 감사하는 일은 없을지도 모른다. 왜냐하면.

왜냐하면 여중생은 스스로의 의지로 복합빌딩에서 뛰어내렸으니까.

투신, 이다.

유서를 쓰고 신발을 가지런히 벗어 둔 채.

아스팔트로 포장된 인도를 향해 두 발로 뛰어내렸다. 살 마음은 없었던 거다.

따라서 우연히 바로 밑을 걷고 있던 나 같은 건 그녀에게 있어 결의를 막는 방해꾼에 지나지 않았다. 이러면 나로서는 보람이 없다.

　중상을 입어 거의 모가지가 확정된 몸으로서는 쪼잔하다는 말을 듣더라도 최소한 몸을 바쳐 어린아이를 구했다는 명예 정도는 얻고 싶었으나, 실제로는 그저 자살에 휘말렸을 뿐이니까.

　뭐, 열두 살의 나이로 직접 목숨을 끊어야겠다는 결단을 한 소녀가 안고 있었을 사정을 상상하면 '뿐'이라는 말을 해서는 안 될지도 모르고, 타이밍이 조금 빗나가서 소녀가 지면에 내리꽂히는 광경을 눈앞에서 목격한 것보다는 지금의 전개가 그나마 나았을지도 모르지만.

　설령 감사받지 못할지라도, 도리어 괜한 짓이라는 원망을 들을지라도 소녀의 목숨을 구한 일은 자랑스럽게 생각해야 할지도 모른다. 그것이 생각에도 없던 우연의 결과라 해도.

　불운의 결과라 해도 말이다.

　"하하, 넌 좋은 녀석이구나."

　콘도 씨는 이번에야말로 정말 놀리듯이 말했다.

　"그런 네가 어째서 매번 범인 취급을 당하는지 모르겠어. 이번 건에서도 그렇고."

　"……."

　그 점을 꼬집으니 역시 우울해진다.

　아니, 터무니없는 의심을 받는 것에는 원래부터 적응 따위 되지 않았지만, 그래도 '이번 건'은 역시 허탈한 데가 있었다.

　그냥 길을 걷고 있었을 뿐인데 바로 위에서 인간이 떨어져 입원하는 신세가 되었고… 그래도 그 일로 서로의 목숨을 건졌으니, 해석하기에 따라서는 미담까지는 아니어도 기적적인 사건이라며 호의적으로 다루어도 좋을 텐데, 세간에서의 취급은 전혀 다른 양상을 보였다.

내가 의식불명 상태였던 동안 텔레비전에서 줄기차게 내보낸 뉴스는 마치 바로 밑을 걷고 있던 내가 낙하한 여중생에게 치명타를 먹이기라도 한 논조였다고 한다.

치명타라고 해도 애초에 소녀는 죽지 않았고, 대체 뭘 어떻게 해석해서 그렇게 되었나, 어떤 억측과 곡해가 있었나 싶어 나는 황급히 과거 일주일치 신문을 되짚어 보려 했지만, 너무나도 참담해서 도중에 그 행위를 관둬 버렸다.

어쨌거나 나는 사실상 각종 미디어에서 소녀 중학생에 대한 살인 미수죄로 범인 취급을 받고 있었다. 설마 죽을 뻔했는데도 누명을 쓰게 될 줄이야…. 나는 죽는 순간까지 수의 대신 누명을 뒤집어써야 하는가. 일찍이 본 적 없는 한 벌의 풀 오더full order식 누명이다.

내 원죄冤罪 체질도 올 데까지 온 느낌이었다.

명탐정이 될 수 있다고 생각한 적은 없지만 난 피해자 노릇조차도 변변히 할 수 없는가 보다. '피해자'가 미성년자인 여중생이었기 때문에 나에 대해서도 실명으로 보도되지 않은 게 그나마 다행이라고 해야 할지도 몰랐다.

하긴, 이대로라면 '고서점 종업원(25)'의 정체가 온 세상에 알려지는 것도 시간문제이겠지. 나는 그렇다 쳐도 나 같은 남자를 채용해 준 점주님에게는 면목이 서지 않는다.

"'고서점 종업원(25)'이라지? 예전에 출판사에서 근무해 놓고 이번에는 헌책방에서 근무하는 박쥐같은 짓을 해서 벌 받은 거 아니야?"

으음, 현역 출판사 근무자가 하는 말은 따끔하다.

그렇게 말하면 변명의 여지가 없다.

배신이라도 때린 듯한 기분이다.

그러나 콘도 씨의 부하로서 나는 틀림없이 한때 사쿠소샤에서 아르바이트를 한 적이 있었지만 그때도 억울한 누명을 뒤집어써서 다소 불합리한 형태로 해고를 당했으니 딱히 출판사에 의리를 지킬 필요는 없는데.

그것을 차치하더라도 지금 내가 직면해 있는 상황은 받아야 할 벌로서는 너무 크다.

"설마 그렇게 되진 않으리라고 생각하지만… 보도를 곧이곧대로 믿고 혹시라도 경찰이 조사하러 오는 일이 있으면 언제라도 탐정을 부를 수 있도록 해 두는 게 좋을지도 모르겠네."

아주 농담도 아닌 투로 나는 그렇게 중얼거렸다.

이런 경우에는 과연 어떤 탐정을 부르면 좋을지 확실하지 않은데… 내 휴대전화 주소록에는 다양한 탐정 사무소의 전화번

호가 등록되어 있으나 하늘에서 떨어진 여자아이 사건에 강한 탐정은 딱 떠오르지 않는다. 굳이 말하자면 보도 피해에 강한 탐정을 고용하는 편이 낫겠지… 미디어 컨트롤의 프로라면, 그렇지….

"오키테가미 씨는 어때?"

라고.

그 순간 콘도 씨는 말했다.

"음…? 아니, 이런 건 쿄코 씨와는 맞지 않아. 쿄코 씨는 아니야. 그중에서도 안 맞는 축 아닐까?"

쿄코 씨, 오키테가미 쿄코掟上今日子 씨란 예전에 콘도 씨의 부탁으로 내가 중개를 했던 탐정이다. 다소 별난 타입의 탐정이라고 할까, 별난 특성을 가진 탐정으로, 당시 콘도 씨가 안고 있던 고민거리에는 안성맞춤이라고 해도 좋은 인물이었지만, 그 특성은 이번 같은 케이스에는 명확히 부적합하다고 할 수 있다.

몇 번인가 경험이 있는데(원래는 몇 번이나 경험할 만한 일은 아닐 테지만), 보도 피해로부터의 회복이란 넌더리가 날 만큼 장기전이다. 그렇기 때문에야말로 '어떤 사건이든 하루 만에 해결하는' 가장 빠른 탐정이 나설 기회는 이 경우, 없다고 할 수 있다.

"그런가? 뭐, 그렇군. 이것을 기회로 너와 쿄코 씨의 사이가 진전되거나 하면 전화위복이 된 느낌이었을 텐데."

"하하하… 재미있는 소리를 하네, 콘도 씨. 나와 쿄코 씨의 사이가 진전될 리는 없어. 그건 콘도 씨도 잘 알 텐데?"

"네가 그렇게 생각하는 한 그렇겠지."

콘도 씨는 그렇게 말하더니 어깨를 으쓱하고,

"그렇다면 네 명예 회복에는 다른 탐정을 부르기로 하고…."

하며 다 깎은 사과를 내게 건넸다.

"오키테가미 씨를 불러 줄 수 없을까, 야쿠스케?"

"뭐라고? 콘도 씨, 그건 무슨 의미야?"

"즉, 내게는."

하고 콘도 씨는 말했다.

"또 망각 탐정이… 잊어 주었으면 하는 일이 있거든."

3

물론 친구이자, 그 이상으로 은인이기도 한 콘도 씨의 부탁을 거절할 이유는 없었다. 사쿠소샤에서 일하던 무렵, 기억에도 없는 일로 의심받던 나를 오직 혼자서 감싸 준 콘도 씨를 위해서라면 뭐든 할 정도의 마음은 있다.

오히려 이런 보은의 기회를 엿보면서 항시 대기하고 있는 카쿠시다테 야쿠스케隱館厄介라고 해도 좋다. 하지만 이날만큼은 너무 느닷없었던 기습적인 화제 전개에 아무래도 놀라움을 금할 수 없었다.

내가 이처럼 입원하는 신세가 된 한편으로 콘도 씨에게도 뭔가 문제가 생겼다는 말인가?

그렇다면 이 사람도 나 못지않게 문제 체질인 셈이다. 보통, 인생에서 두 번, 세 번씩 탐정 신세를 질 일은 없다.

그것도 이렇게 단기간에 연거푸 말이다.

"그게 말야, 야쿠스케. 나로서는 그렇게 느닷없지도 않아. 내게 기습을 먹었다고 생각하지도 않고. 그도 그럴 것이 이번에 네가 또 휘말린 사건과 이 일은 무관하지 않거든."

"……? 무관하지 않다고?"

"무관하기는커녕 크게 관련되어 있지. 솔직히 말하자면 머리를 싸매고 있다니까. 너도 힘들겠지만, 나도 조금이나마 머리를 싸매고 있단 말야."

콘도 씨는 그렇게 말하고 다소 힘없는 미소를 지었다. 지금까지 나만 생각하느라 몰랐는데, 그러고 보니 늘 에너제틱하던 콘도 씨의 표정에 약간의 피로가 보였다.

내가 의식을 잃은 일주일 사이에 무슨 일이 있었던 걸까? 나와 무관하지 않다, 내가 크게 관련되어 있다고 해도 짚이는 바는 전혀 없지만. 뭐, 나로서는 짚이는 바나 기억나는 바가 없는 건 일상다반사다.

"혹시 또 사토이 선생님에게 무슨 일이라도 있었어?"

사토이 선생님이란 사토이 아리츠구里井有次 선생님. 콘도 씨가 담당하는 만화가 중 한 사람으로, 그가 편집장으로 있는 잡지의 간판 작가이다.

예전에 쿄코 씨를 소개한 안건이라는 게 사토이 선생님의 작업실에서 일어난 도난 사건이었다. 이런 말을 하기는 좀 그렇지만, 그때 사토이 선생님은 이른바 천재 만화가라는 인상이었는데, 그 때문에 만화가로서뿐 아니라 트러블메이커로서의 재능도 높은 듯하다.

그러나 이 추리는 대실패였다. 역시 난 명탐정은 될 수 없다.

"사토이 선생님은 순조로워. 순풍에 돛 단 배라고 해도 좋아. 그 사건을 겪고서는 더욱 기세가 올랐을 정도야. 오키테가미 씨의 캐릭터가 사토이 선생님에게는 좋은 자극이 되었나 봐."

그건 다행이지만 개인적으로는 조바심 나는 말이기도 했다. 발표 계획은 없지만 쿄코 씨의 탐정으로서의 활약상을 글로 엮으려는 나이기에 재능 넘치는 만화가에게 선수를 빼앗기는 건 참을 수 없다.

뭐, 사토이 선생님은 미스터리 만화를 그리는 타입의 만화가는 아닐 테지만….

"그럼, 누군가 다른 선생님?"

"바로 그거야. 예리한데, 야쿠스케?"

그런 식으로 칭찬해 봤자 새삼 낯부끄럽다.

콘도 씨가 사적인 일로 고민할 것 같지는 않으므로 탐정을 부르고자 한다면, 분명 업무와 관련된 일이라고 생각했을 뿐이다.

이토록 예리하지 않은 평범한 발상도 없다.

"하지만 내가 직접 담당하는 만화가는 아니고… 넌, 아직 모르려나? 후모토 선생님. 후모토 阜本舜 선생님이라고 하는데."

짐작대로 나는 몰랐다.

하지만 콘도 씨가 구태여 '아직'이라고 전제했을 정도니 앞으로 점점 유명해질 신인 만화가이지 않을까 추측되었다.

이제는 요지부동의 확고한 지위를 가진 사토이 선생님과는 다른 의미에서 편집부에 소중한, 기대를 걸 수 있는 재능의 소유자, 쯤 되려나.

"어어, 뭐, 그쯤 돼. 그렇다 해도 이미 신인은 아니지. 연령은 사토이 선생님보다 위이고 커리어도 길거든."

"흐음…."

재능 있는 젊은이들이 잇따라 데뷔하는 인상이 강한 만화업계지만 한편으로는 뜻밖에 밑바닥 생활이 긴 경향도 있다. 그런 만큼 언제 어디서든 대박이 날 수 있는 꿈 있는 직업이라고도 할 수 있겠지만, 그렇게 만만하지도 않다.

무직보다는 좋겠지만, 적어도 내가 감당할 수 있을 거라고는 생각되지 않는 가혹한 세계일 것이다. 방금 전 콘도 씨의 어조가 그랬다는 건 아니지만, 그 가혹함을 가혹함으로 여기지 않는 사토이 선생님 같은 사람만이 성공해 나가는 것인지도 모른다.

"후모토 선생님이 최근 우리 잡지에 연재하고 계시는 작품…
『베리 웰』은 뭐랄까, '대박'의 조짐이 있는 작품이라서 말야. 드
디어 후모토 선생님의 시대가 오나 싶어서 나는 편집장으로서
기대에 부풀어 있었거든."

그런 식으로 열변을 토하니 아아, 콘도 씨는 충실하게 일하고
있구나 하는 생각에 내 처지는 돌아보지 않고 기쁜 마음이 들고
말았지만, 제목을 들어도 역시 모르는 작품이었기에 섣불리 코
멘트를 할 수 없었다.

게다가 그 말만 들으면 콘도 씨도 후모토 선생님도 사토이 선
생님처럼 그야말로 순풍에 돛 단 배라고 할 수 있어서, 쓸데없
이 문제 회피술에만 통달한 내가 나설 기회는 전혀 없을 것 같
은데.

"그런데 거기서 문제가 발생했어. 그것도 엄청나게 큰 문제야."

내가 이야기의 핵심을 파악하지 못한 채 헤매고 있자 콘도 씨
는 본론으로 들어간 듯했다.

그에 따라 나는 상체를 앞으로 내밀었다.

대체 나와 무관하지 않은 고민이라는 게 무엇일까.

"어떤 의미에서 그것은 새로운 문제라고는 할 수 없어. 네게
나날이 닥치는 이상야릇한 새로운 일이 후모토 선생님의 신상에
일어났다는 게 아니라, 만화가든 소설가든, 이른바 작가라면 언

제 휘말리게 될지 모르는 문제야. 신감각이 아니라 고전적인 것이라고 할 수 있지."

"……? 묘하게 에둘러 말하네. 거창하기만 하고 이해하기가 힘들어, 콘도 씨. 걱정하지 않아도 만약에 필연성이 있다면 쿄코 씨는 어떤 의뢰든 수락할 테니 괜찮아. 그 사람은 별난 사건이나 매력적인 수수께끼가 있는 사건만 맡는 탐정이 아니거든. 그리고 망각 탐정이라서 묵비의무 엄수는 절대적이야."

하긴, 망각 탐정의 특성상 '하루 안에 해결할 수 있는 타입의 사건'이 아니면 수락하지 않겠지만. 저번에는 그 룰을 반쯤 어겨서 눈뜨고 볼 수 없는 대참사가 일어났었다.

콘도 씨에게는 미안하지만, 만약에 내 단계에서 명백히 무리라고 판단되면 쿄코 씨 외의 적절한 탐정을 소개하게 될 것이다. 그 건에 관해서는 나도 상당한 책임을 느끼고 있다.

"아니, 그런 의미는 아니고… 뭐, 그렇군. 너무 점잔을 빼서 괜한 기대를 하게 만드는 것도 본의가 아냐. 편집자로서, 내가 말하기 힘든 것뿐이야."

실제로 콘도 씨답지 않게 석연치 않은 말투였다. 기대한다고 하면 주책이겠지만 이토록 신중하게 말머리를 꺼내니 대체 얼마나 큰 고민이기에 그럴까 하고 마음의 준비를 하게 되는 것도 어쩔 수 없는 부분이다.

그런데 각오를 다진 콘도 씨가 드디어 본론으로 들어가 구체

적인 설명을 시작하는가 싶더니,

"머리 위에서 너를 직격한 여중생 말이야, 그녀는 자살 시도를 한 거잖아."

새삼스럽게 그런 말을 꺼냈다.

일부 보도에는(아니, 거의 모든 보도가) 어째서인지 나 때문에 죽을 뻔한 것으로 되어 있는 그녀지만 적어도 그 부분은 한 치의 거짓도 없는 사실로서, 그녀는 스스로 뛰어내렸다.

지금껏 미스터리 같은 기묘한 사건을 무수히 체험해 온 입장이라면 이 부분은 당연히 자살로 꾸민 살인을 의심해야 할지도 모르지만(실제로 나는 그런 케이스도 공상이 아닌 실제 체험함으로써 알고 있다), 이번의 경우 여중생의 자필 유서가 남아 있으니 거의 틀림이 없을 것이다.

컴퓨터나 메일로 쓴 유서라면 위조 가능성도 있을 수 있겠지만… 친필이 되면.

"그래. 문제는, 그 유서야."

"……? 그러니까 뭐가 문제인데."

오히려 범인 취급을 받게 된 나로서는 그 유서의 존재야말로 생명선이라고도 할 수 있다. 지금은 보도에서 제멋대로 떠드는 정도지만 그게 없으면 나는 정말로 살인 미수 죄를 뒤집어쓸지도 모른다. 생각해 보면 스스로 목숨을 끊기에 앞서 유서를 남기지 않으면 안 된다는 법은 없으니, 나로서는 잘도 유서를 남겨 주었다고 여중생에게 감사해야 할지도 모른다.

"그러네. 친구로서 나도 그 점에 대해서는 너처럼 깊이 감사해야 할지도 모르지만, 그래도 도저히 감사할 수 있을 것 같지 않아."

라고 콘도 씨는 웬일로 노기 어린 음성으로 말했다. 나에 대한 분노는 아닌 것 같지만 무심결에 기가 죽고 말았다.

"왜, 왜 그러는데?"

"그 유서야말로 지금의 나, 그리고 다름 아닌 후모토 선생님이 품고 있는 고민의 씨앗이기 때문이야. 아니, 뿐만 아니라 씨앗은 진작에 발아하여 그 덩굴이 후모토 선생님을 칭칭 얽어매고 있지."

"……?"

"유서 내용이 문제야. 그녀는 유서 속에서 후모토 선생님의 팬임을 밝혔어."

둔한 나는 거기까지 듣고도 여전히 감이 오지 않았다. 하지만 이어지는 말을 듣고 아무래도 그들이 안고 있는 문제의 거대함, 심각함을 이해하지 않을 수 없었다.

"후모토 선생님의 작품에 영향을 받아 자살한다고 분명하게 써 놨거든. 친절하게 캐릭터 일러스트까지 곁들여서."

4

'고서점 종업원(25)'이 중요 참고인으로 취급되는 것을 도저히 볼 수가 없어서 나는 뉴스와 신문을 제대로 접하지 않았다. 그래서 여중생의 자세한 프로필과 그녀가 남긴 유서의 구체적인 내용까지는 파악하지 못한 채였다.

어쨌거나 그녀가 유서를 남기고 자신의 발로 뛰어내렸다는 것 외에는 몰랐다. 솔직히 말하자면 열두 살 어린아이가 자살을 택한 사정은 나 자신이 용의자 취급을 받고 있다는 사실 이상으로 직시하고 싶지 않다는 게 본심이기도 하여, 그녀가 어떤 이유로 자살 미수에 이르렀는지를 굳이 알려고 하지 않았다.

너무 민감한 문제다.

설령 그것이 내 입원, 그리고 실직과 연관이 있는 원인이라고 해도 말이다. 그녀가 지금도 생사의 경계에 있음을 생각하면 더더욱 그러하다. 그런데 설마 유서의 내용이 그런 바보 같은 것이었을 줄이야. 아니, 바보 같다고 하면 안 되나.

사람의 목숨이 얽혀 있으니. 게다가.

작가 생명과도 관련이 있다.

설마 내가 의식불명이 된 사이에 그런 사태가 콘도 씨를 덮쳤을 줄이야….

"나와 무관하지 않다… 크게 관련되어 있다는 건 그런 뜻이었어?"

"그렇, 다기보다… 만약에 네가 그때 그녀의 낙하지점을 걷고 있지 않았으면 사태는 이 정도로 끝나지 않았을 거야."

라고 말하는 콘도 씨.

마음을 진정시키기 위함인지 자기가 먹을 사과도 깎기 시작했다. 그제야 나는 콘도 씨에게 건네받은 사과를 손에 든 채 입을 대지 않았음을 깨닫고 생각났다는 듯이 베어 물었다.

쥬시한 과실을 씹은 뒤,

"무슨 의미야?"

라고 물으니,

"'고서점 종업원(25)'이 매스컴의 총아가 되지 않았더라면 지금 세간으로부터 공격을 받는 건 후모토 선생님이었을 거라는 의미지."

라며 콘도 씨는 탄식했다.

아니, 그런 소리를 해 봤자 그 사실에 탄식하고 싶은 쪽은 나다. 간접적이라고는 하지만 모르는 사이에 아무래도 콘도 씨에게 도움이 된 건 기쁘지만, 그렇다고 해서 매스컴의 총아(물론 정확히는 '매스컴의 먹이'이리라)가 된 것을 좋은 일이라고 할 수는 없다.

"아아, 나도 딱히 네가 공격받는 걸 잘됐다고 할 생각은 없지만 그로써 상당히 도움이 된 것은 사실이야. 옛날에 내가 네 억울함을 감싼 일은 보상받고도 남았을 정도로 말야. 거스름돈은 국가 예산에 필적하지. 널 범인 취급한다는 보도의 방향성이 흔들리면 안 되기 때문인지·유서의 내용은 거의 공개되지 않은 상황이야."

그렇단 말인가.

따지고 보면 나를 범인 취급하기 위해서 보도가 유서를 은폐 중이라고도 할 수 있지만, 물론 그것은 '피해자'가 미성년자이며 아직 생존해 있기 때문에 이루어지는 배려이기도 하리라. 그래도 만약에 내가 그날 그녀의 낙하지점에 없었다면 그녀는 계획대로 목숨을 잃었을 테고, 분명 유서도 일반에 공개되어 그녀를 자살로 내몬 '범인'이 도마 위에 올랐을 게 틀림없다.

즉, 후모토 슌 선생님이.

"…그게, 여중생에게 영향을 준 작품이라는 건 아까 콘도 씨가 말한, 연재 중이라는 『베리 웰』이라는 만화야?"

"아니, 그건 아냐. 오히려 후모토 선생님의 초기 작품이야. 신인 시절의… 『치체로네』라는 단편이야."

라고 콘도 씨는 내 질문에 대답했다.

방금 전까지 연재작의 제목도 몰랐던 나이므로 그 단편의 제목을 들어도 내용은 짐작이 가지 않았다…. 『치체로네』라는 외래어(?)의 의미조차 알 수 없을 정도였다.

"아아, 아는 사람만 아는 작품이야. 그 작품을 읽었다고 한다면 그녀가 후모토 선생님의 팬이라는 건 사실이겠지. 그런 열렬한 팬이 있다는 건 원래 기뻐해야 할 일이지만."

"…어떤 만화인데?"

물어도 될지 망설이면서도, 묻지 않으면 이야기가 진행되지 않는다는 생각에 마음을 다잡고 내가 그렇게 말하자,

"한마디로는 표현하기 어려워…. 하지만 작중에 자살하는 캐릭터가 등장하는 건 확실해. 보기에 따라서는 자살을 과도하게 미화하는 듯한 묘사도… 뭐, 있기는 있지. 아무래도 갓 데뷔했던, 젊었을 때의 작품이니 과격하다고 할까… 다소 날카로운 느낌도 부정할 수 없군."

콘도 씨는 극히 내키지 않는다는 느낌으로 설명했다. 흐음.

실제 작품을 읽지 않고서는 뭐라고 말할 수 없지만, 그렇다면 그 만화를 모방하여 여중생이 자살에 이르렀다고 비난하는 자도 있을 것이다.

그냥 팬이었다고만 말한 게 아니라 유서에서 그렇게 밝혔다면 더욱 그러하다. 내가 범인 후보로 거론되지 않았더라면 지금쯤 보도에서는 '만화가 아이에게 끼치는 악영향'이라든지 '표현의 자유는 무제한이 아니다'와 같은 상투적인 논의에 불이 붙었을 게 틀림없다.

상상만 해도 무섭다.

왜 내가 이런 꼴을 당해야 하나 싶어 반쯤 진심으로 신을 저주

했었는데 처음으로 내 누명 체질을, 비꼬는 것이 아니라 진지하게 감사히 여겼다. 꼭 그렇지 않더라도 만약에 내가 그녀의 낙하지점에 없었더라면 어떻게 되었을까 생각하니 소름이 끼쳤다.

가장 최악의 케이스는 낙하지점에 있었던 사람이 누명 체질의 내가 아닌 다른, 좀 더 몸집이 작은 누군가라서 그 누군가도 자살하려던 여중생도 모두 목숨을 잃었을 경우인가.

그 경우 후모토 선생님의 만화가 두 목숨을 빼앗았다고 비난받았으리라는 건 거의 확실하다.

말할 필요도 없이 나는 추리소설의 독자로서 표현의 자유는 지켰으면 하는 주의다. 그렇다고 해서 보도의 자유를 규제할 수도 없겠지만, 작가가 갑갑함을 느끼면서 공상을 형태화했으면 좋겠다고는 생각할 수 없다는 것이 내 의견이다.

아니, 이것은 의견 같은 거창한 게 아니다. 그저 감상이다. 마음을 표명했을 뿐 깊은 생각은 전혀 하지 않았다. 반사적인 것으로, 손톱만큼의 고찰도 없다. 실제로 역겨운 차별 표현이 가득한 작품을 접하면 나는 분명히 불쾌해질 테고, 이런 걸 아이에게 보여서는 안 된다는 식으로 '느낄' 것임에 틀림없으니까.

답이 있는 문제가 아닌 것이다.

찬반양론이 있는 게 당연하다.

창작된 작품이 수용자의 인생에, 혹은 감성에 영향을 주는가 주지 않는가를 따진다면 그야 반드시 줄 것이다. 만화를 읽고 프로 야구 선수나 프로 축구 선수가 된 독자가 분명히 있는데도 불량배나 범죄자가 된 독자는 절대 없다고 하면 역시 무리가 있다.

아이뿐만 아니라 어른도 작품으로부터 영향을 받아 좋든 나쁘든 인생이 바뀌고 마는 경우가 있을 것이다. 그건 부정할 수 없고, 오히려 사람은 인생을 바꾸기 위해 작품을 접한다는 식으로 말할 수도 있다.

만화든 소설이든 영화든 혹은 논픽션의 현실이든, 무언가를 접하고 그 뒤에도 바뀌지 않는다는 건 애당초 불가능하다.

극단적으로 말하면 나를 사정없이 공격하는 보도를 보고 '의심스러운 놈은 얼마든지 비판해도 좋다'라고 생각하는 시청자도 있을지 모르겠다. 수용자에게 영향을 주지 않는 미디어란 없다.

이러한 상대화 같은 것도 사실은 의미가 없다. 따라서 나는 의견도 안 되는 감상을 말한 시점에서 본래 이 논의는 끝난 거라고 생각한다.

인간이 주위로부터 영향을 받는 건 당연하다는 말은 이론이며, 그것으로 감상을 논파했다 해도 아무도 납득하지 못하리라. 말로 지는 건 지는 게 아니다. 이기고 지고의 문제가 아니고 어쩌면 가치관의 문제조차 아닐 것이다.

"…하지만, 콘도 씨. 그건 확실히 엄청난 대소동의 인자이기

는 했지만 다행히도 그 사태는 피할 수 있었잖아? 가까스로라고
할까… 말하자면 사고 이전의 사건으로 끝난 셈이야…. 즉, 그
문제는 이제 끝난 거 아냐?"

끝없는 논의는 끝났고, 그리고 문제도 끝났다.

해결했다고는 하기 힘든, 참으로 뿌리 깊은 문제이기는 하나
그래도 내가 희생양이 됨으로써 모면했다고 할 수 있다. 행복한
대단원은 아닐지라도 한 건은 결말이 난 게 아닐까.

"아니, 문제는 그렇게 단순하지 않아. 확실히 네 덕분에… 라
는 건 이상하지만, 문제가 표면화되는 일은 없었어. 하지만 겉
으로 드러나지 않았으니 괜찮다는 건 아냐. 겉으로는 드러나지
않았더라도 본인에게는 알려지고 말았어."

"본인?"

"즉, 후모토 선생님에게 말야."

굉장한 쇼크를 받으셨지, 라는 콘도 씨.

그것은 알린 놈 잘못 아닐까…. 누가 알렸지, 아니 뭐, 내가
분노해 봤자 어쩔 수 없지만 무심코 콘도 씨에게 감정 이입을
하고 말았다.

"내가 그린 작품이 아이의 목숨을 빼앗아 버리다니, 하며 집
필을 그만둘 기세야. 아니, 기세 자체가 죽었다고 해야겠지만."

안 좋은 농담이다.

하지만 심정은 알겠다. …알 리가 없나.

만화 작품 때문에, 라는 건 들어 본 적이 없지만 소설과 희곡 등의 창작물에 영향을 받은 청년이 자살을 택하는 일은 먼 옛날부터 보편적으로 있어 왔다고 해 봤자 그런 건 아무 위로도 되지 않으리라.

기대를 걸었던 만화가가 그런 곤경에 빠져 있다면 콘도 씨가 고민하는 것도 무리는 아니다. 잡지 편집장으로서도 한 개인으로서도 그 고민을 공유하지 않을 수 없으리라.

그런 사람이다.

하지만 그 건에 대해 제삼자로서 할 수 있는 어드바이스가 있다면, 결국에는 후모토 선생님이 자력으로 극복하지 않으면 안 되는 곤경이리라는 것이다. 혹은 그로써 이제 만화를 그리고 싶지 않은 심정이라면 그 판단은 마땅히 존중되어야 한다.

"응, 물론 그런 건 알아. 직속 담당 편집자와 함께 후모토 선생님을 설득하고는 있지만 최종적으로는 본인의 판단에 맡겨지겠지."

"그런가? 그렇군, 뭐, 내가 할 말이 아니었지. 주제넘은 짓이었어. 자신의 건방짐이 부끄러워. 그런데, 그렇다면 왜 나한테 그런 이야기를 하지?"

듣고 보니 완전히 업무상의 비밀이다. 내가 조우한 사건과 깊은 연관이 있다고는 하나 후모토 선생님의 거취와 관련된 유서 내용을 내게 알려 주어도 되었던 걸까.

　처음에는 쿄코 씨를 소개해 주었으면 한다는 게 발단이었던 것 같은데… 들으면 들을수록 이것은 망각 탐정에게 의뢰할 만한 안건이 아니라는 생각이 든다.

　아니, 망각 탐정뿐만이 아니라 어떤 탐정이든 손댈 수 없는 사건이리라. 해결해야 할 수수께끼도 규명해야 할 범인도 없으니까.

　"확실히 네 말이 맞아, 야쿠스케. 하지만 그건 어디까지나 지금 한 이야기가 사실이었을 경우야."

　"……? 사실이라면?"

　사실…이 아닌 건가?

　그런 줄 알고 들었는데.

　그러나 지금까지 나도 '사실'이라는 이름의 오명을 숱하게 뒤집어써 온 처지이다. 내가 현재 중요 참고인으로서 미디어를 떠들썩하게 만들고 있듯 지금의 이야기 또한 무언가의 '날조'라고 한다면 그것을 간단히 부정할 수는 없다.

　확실한 건 하나도 없다는 건 어느 완벽주의 명탐정의 말이지만.

　"음… 조금 오해를 부르는 말투였으려나. 사실은 사실이야. 실물은 아니지만 나는 경찰을 통해 유서 복사본을 보았고, 아직 네게 이야기하지 않은 사정도 어느 정도는 심도 있게 들었어. 후모토 선생님이 놓인 상황과 네가 놓인 상황은, 그런 의미에서는 전혀 달라.”

　“그렇다면.”

　“그런데 말야, 어쩐지 딱 납득이 안 가.”

　콘도 씨는 말했다.

　‘어쩐지’라고 흐리기는 했으나 그것은 완전히 단정 짓는 말투였다.

　딱 납득이 안 간다.

　뭐가, 딱 납득이 안 가는 걸까?

　“반대로 말하자면 **너무 납득이 잘 가. 너무 잘 짜여 있어.** 말로는 잘 표현할 수 없지만 작위적인 기운이 느껴져.”

　“작위적….”

　음모, 같은 것이려나?

　향후 잡지의 미래를 짊어질 기대주인 작가를 주저앉히려는 음모…? 그 때문에 여중생에게 그런 유서를 남기게 하고 **자살을 종용한** 누군가가 있다는 말이라도 하는 걸까?

　바보 같아.

　그런 스토리 라인은 너무 잘 짜여 있기는커녕 너무 엉성하다. 나라도 품지 않을 것 같은 피해망상이다.

　“응. 물론 그런 황당한 말을 지껄일 생각은 없고, 만약에 그 여중생이 정말 후모토 선생님의 작품 때문에 자살했다면 편집부의 수장으로서 나 또한 그 책임을 회피하려 할 생각도 없어. 단지, 확실히 그것뿐만이 아니라는 위화감이 있다는 거야."

위화감… 막연해서 그것으로는 아무 근거도 되지 못할 것 같았지만, 그러나 그렇다고 해서 느낀 위화감을 무시해도 될 문제는 아닐 것이다.

그래서, 쿄코 씨인가.

그래서 오키테가미 쿄코인가.

겨우 납득이 갔다.

이것은 그 위화감의 정체를 파악해 달라는 의뢰이리라. 콘도 씨가 말로 잘 표현하지 못하는, 나로서는 이야기만 들어서는 전혀 느낄 수도 없는 정체를.

물론 정체 같은 게 없으면 그것을 파악할 수 없을 테고, 있다 하더라도 쿄코 씨가 그 정체를 확실하게 파악할 수 있다고만은 할 수 없지만.

사토이 선생님 건으로, 게다가 그 후의 스나가 선생님 건으로 인해 콘도 씨에게는 실제보다 쿄코 씨를 높이 사는 구석이 있는 듯하다. 사실 쿄코 씨는 묵비의무 엄수에 특화되어 있을 뿐이지 꼭 만능 명탐정인 것은 아닌데.

뭐, 그 부분은 배려라고 할까, 콘도 씨는 무슨 일이 생겼다 하면 나와 쿄코 씨의 접점을 만들어 주려고 하는 구석도 있으나 이번 경우에는 그런 게 아닐 것이다. 지금 콘도 씨가 놓인 상황에서는 나와 쿄코 씨의 관계에 마음 쓸 여유가 없을 것이다.

"아니, 아니. 야쿠스케. 네가 하고 싶은 말이 뭔지는 알겠는데, 나로서는 다른 누구도 아닌 오키테가미 씨에게 부탁하고 싶은 필연성이 있다고. 물론 이후에도 결코 겉으로 드러났으면 하는 사안이 아니라서 당연히 비밀 엄수로 처리해 주었으면 하지만, 이번에 특히 중시하고 싶은 건 망각보다도 오히려 그녀의 스피드 쪽이야. 그래서 오키테가미 쿄코인 거야. 나는 가장 빠른 탐정으로서의 오키테가미 씨의 재치를 기대하고 싶은 거라고. 왜냐하면 너무 시간이 없거든."

"시간이 없다고…? 어째서?"

확실히 쿄코 씨에게는 '망각 탐정' 말고도 또 하나, '가장 빠른 탐정'이라는 칭호도 있지만 어째서 그게 필연이라고까지 할 만큼 필요한 걸까.

사건이 일어난 지 이미 일주일이 경과했으니, 이런 말을 하기는 좀 그렇지만 이제 와서 서둘러 봤자 별수 없을 것 같은데….

뭔가 초고속을 원하는 이유라도 있나.

"후모토 선생님도 힘든 시기일 거라고는 생각하지만, 『베리 웰』은 주간 연재거든."

콘도 씨가 말한 이유는 지극히 현실적이었다.

본인이 집필을 그만두겠다고 한다면 그것도 어쩔 수 없다는 식으로 말하면서도, 마지막 순간까지 기대주인 만화가의 은퇴를 인정할 생각 같은 건 만화잡지의 편집장에게는 없는 모양이었다.

탐정이 비밀을 준수하듯이, 라고 그는 말했다.

"만화가는 마감을 엄수해 주지 않으면 곤란해."

제2장

의뢰하는 카쿠시다테 야스스케

1

"처음 뵙겠습니다. 망각 탐정 오키테가미 쿄코입니다."

다음 날.

여느 때처럼 전혀 초면이 아닌데도 그렇게 말하면서 나타난 쿄코 씨는 병실 중앙에 배치된 침대로 다가와서,

'빠아안히'.

내 오른쪽 다리를 쳐다보았다. 엄밀하게는 내 오른쪽 다리의 대퇴부, 즉 골절되어 깁스를 한 부위를.

"쿄, 쿄코 씨?"

무슨 응시인지 알 수 없는 데다가, 느닷없이 거리가 너무 가까워져 당황한 내가 흠칫흠칫 그런 식으로 부르자 쿄코 씨는 "죄송해요, 실례했어요."라면서 새우등을 했던 몸을 일으켰다.

"저, 골절을 동경해 왔거든요. 그래서 그만 넋을 잃고 들여다보고 말았어요."

골절되어 입원한 사람을 앞에 두고 상당히 심한 발언을 한다. 뭐, 이렇게 쿄코 씨와 대면하는데… '첫 대면'하는데 어울리는 화두가 생겼다면 골절된 보람이 있다고 말할 수 있을지도 모르겠다.

말할 수 있기는.

하지만 그 말은 꼭 '처음 뵙겠습니다'의 거리감을 좁히기 위한

농담만도 아니었던 듯 쿄코 씨는,

"좀 만져 볼게요."

라고, 내 승낙도 기다리지 않고 마치 진찰하는 듯한 말을 하면서 오른팔의 깁스 쪽으로 손을 뻗었다. 뭐야, 골절로 인기인이 되다니, 마치 학창 시절 같잖아.

병원이라는 장소에 맞추었는지 안 그래도 온통 백발인 쿄코 씨의 오늘 의상은 전체적으로 흰색을 기조로 한 패션이었다. 자수가 들어간 롱스커트에 긴소매 덩거리 셔츠, 얇은 스톨을 걸치고 있다. 안경테만 검어서 두드러져 보였다.

"으~음. 좋아. 멋져."

도취된 듯 말하는 쿄코 씨.

어째서 그렇게까지 깁스에 마음을 빼앗기는 거지…. 마치 사건의 증거를 세심히 체크하는 듯한 그녀의 동작에 나는 몸을 내맡겼다.

인간의 취미란 알 수 없다.

설마 내 깁스가 사건 내용과 관련이 있을 것 같진 않은데… 그렇지만 '무반향 무가공 사건'에서는 현장에 남아 있던 약간의 실밥으로 범인을 특정 지어 보인 쿄코 씨이다.

내 깁스로부터 여중생 자살에 관한 뜻밖의 진상을 도출하는 일도 가능할지 모른다. 그렇게 생각하자 섣불리 '뭘 하고 계시는 거죠?'라고도 물을 수 없었다.

그 대신은 아니지만 나는 쿄코 씨에게,

"…쿄코 씨는 뼈가 부러진 경험이 없나요?"

라고 물었다. 이런 식으로 물으면 고생한 적이 있느냐 없느냐를 질문하는 것 같기는 하지만, 물론 말 그대로의 의미가 담긴 질문이다.

"없어요. 그래서 동경한다는 거예요."

그녀는 내 쪽을 보지 않은 채 깁스를 주물주물거리며 그렇게 대답했다. 그러나 이 경우에는 그 대답을 곧이곧대로 믿을 수 없다.

이래저래 상당히 위태위태한 탐정인 쿄코 씨가 지금껏 전혀 다친 적이 없다고는 생각하기 힘들고, 설령 본인이 과거에 골절된 적이 없다고 생각할지라도 그것은 단지 잊었을지도 모르기 때문이다.

2

쿄코 씨가 내 팔과 다리, 두 곳의 깁스에 심취한 사이 망각 탐정에 대한 설명을 끝내기로 하자. 내가 맨 처음 의뢰했을 때는 아는 사람만 아는 특수한 타입의 탐정이었으나 최근에는 망각 탐정의 지명도도 높아졌기 때문에 이미 아실지도 모른다. 하지만 그렇더라도 잊으신 분도 계실 테니까. 망각 탐정인 만큼.

오키테가미置手紙 탐정 사무소의 소장인 오키테가미 쿄코掟上今日子.

소장이지만 개인 사무소라서 소장인 동시에 유일한 직원이므로 영업도 홍보도 경리도 전부 혼자 담당하는, 이른바 '왓슨 역'이 없는 탐정이다.

고고한 탐정은 의외로 드물다.

능력이 뛰어난 것은 그것만 봐도 알 수 있겠지만, 쿄코 씨의 탐정으로서의 특성은 사실 그 부분에 있지 않다. 망각 탐정이라는 별명에서도 알 수 있듯이 그녀의 탐정으로서의 키워드는 '망각'이다.

쿄코今日子 씨에게는 오늘今日밖에 없다.

그녀의 기억은 하루마다 리셋된다. 밤에 잠들어 아침에 일어나면 어제 있었던 일을 완전히 잊어버리고 만다.

어떤 수사를 하든 어떤 진상을 규명하든, 의뢰인에 대해서든 범인에 대해서든 예외 없이 모든 정보가 머릿속에서 지워지고 만다.

모든 기억이 소거된다.

말하자면, 타인의 비밀을 캐고 세상의 이면을 접하는 것이 직무 내용이라고 할 수 있는 탐정업을 영위하는 데 있어 이것은 지극히 큰 어드밴티지로 작용하게 된다. 묵비의무를 완벽한 의미에서 엄수하다니, 그런 것을 절대적으로 보장할 수 있는 탐정이란 잘 없다.

실제로 쿄코 씨는 그 특성 때문에 국가 기밀과 국제 문제에 깊이 파고드는 의뢰를 받는 경우도 적지 않다. 표면화되면 목숨도 위태로워질 법한, 일반적인 탐정이라면 관여하기에도 주저될 만한 위험한 안건조차 태연자약하게 파고들 수 있다.

이렇게 되면 특성이라기보다는 거의 특기인데, 물론 그만한 이점에는 필연적으로 클리어하지 않으면 안 되는 조건이 따른다.

하루 만에 기억이 리셋된다는 건 어떤 사건이든 하루 안에 해결하지 않으면 안 된다는 뜻이다. 모은 증거와 짜맞춘 추리도 하루면 잊어버리고 마니까.

난해한 사건이든 불가능 범죄이든.

그녀에게는 타임 리밋이 있다.

망각 탐정은 묵비의무를 지킴과 동시에 제한 시간도 지키지 않으면 안 된다. 그렇게 하지 않으면 직무가 직무로서 성립되지 않는다.

그런 까닭에 '가장 빠른 탐정'이다.

망각 탐정인 까닭에 가장 빠른 탐정. 가장 빠른 탐정이자 망각 탐정.

어떤 사건이든 하루 안에 해결하는 명탐정. 뭐, 현실적으로 오키테가미 탐정 사무소는 의뢰가 온 단계에서 원리적으로 하루 만에 해결할 수 있는 사안인지 아닌지 판단한 후, 가능하다고 판단되었을 경우에만 사건 수사에 나선다는 뜻인데… 바꿔 말해서 이번에 콘도 씨가 중개를 부탁한 여중생 투신 관련 사건의 수사를 수락했다면 쿄코 씨는 이 뿌리 깊은, 문외한이 보기에는 어디서부터 손을 대면 좋을지 알 수 없는 의뢰를 당일 중으로 해결할 수 있다고 본 셈이다.

3

"후우. 충분히 봤어요. 감사합니다."

이상한 인사를 하고서야 비로소 쿄코 씨는 나를 풀어 주었다. 나는 누명 체질이라 망각 탐정에게는 궁지에 몰렸을 때 여러 번 도움을 받았는데, 지금까지는 우연히도 기회가 없어서 몰랐을 뿐 이 사람, 좀 위험한 사람이 아닐까 하는 생각에 불안해져 가던 차였기에 풀려나서 마음속 깊이 안심했다.

아무래도 깁스 주무르기는(끝나고 보니 당연하게도) 이번 사건을 위한 탐정 활동이 아니었는지,

"그럼 시간도 한정되어 있으니 바로 일 이야기로 들어가도록 할게요. 카쿠시다테 야쿠스케 씨죠? 처음 뵙겠습니다."

쿄코 씨는 새삼 본론에 들어가듯 말했다.

내가 누군지도 파악하지 못한 채 한정된 시간 속에서 골절 부

위를 만져 댄 모양이다.

뭘 하는 거지.

참고로 망각 탐정에게는 궁지에 몰렸을 때 여러 번 도움을 받았으나, 물론 쿄코 씨 본인은 지금껏 나를 궁지에서 구해 온 일을 잊은 상태이다. 몇 번째 의뢰이든 쿄코 씨에게 나는 '처음 뵙겠습니다'의 상대인 것이다.

솔직한 심정을 말하자면 만날 때마다 그런 식으로 기억하지 못하면 받는 대미지가 크다. 터무니없는 의심을 받는 것과 비등비등한 쇼크가 있다.

망각 탐정이며 가장 빠른 탐정인 점은 둘째 치고, 역시 톱클래스라고는 할 수 없지만 충분히 능력이 뛰어난 부류의 탐정인 쿄코 씨에게 의뢰를 망설일 때가 많은 이유는 그런 쇼크를 받고 싶지 않기 때문이다.

그래서 내가 쿄코 씨에게 의뢰할 때는 '망각'과 '가장 빠른' 해결이 꼭 필요할 때. 그리고 이번처럼 중개를 부탁받았을 때로 한정된다.

…그건 그렇고, '처음 뵙겠습니다'이면서 쿄코 씨가 아직 이름도 말하지 않은 나를 나로 특정 지을 수 있었던 건 어째서일까? 오늘 아침에 전화를 걸어 의뢰했을 때 이름은 알려 주었지만 그 사람이 나라는 사실은 아직 모를 텐데.

그런 의문이 얼굴에 드러났는지 쿄코 씨는,

"자, 보세요."

라면서 침대의 철책 부분을 가리켰다.

정확하게는 침대 철책에 부착된 환자로서의 명찰이다. 생년월일, 혈액형과 함께 '카쿠시다테 야쿠스케'라는 이름이 쓰여 있었다.

듣고 보니 별것 아니다. 탐정이 가진 관찰력의 일환이라고 할 만한 것도 아니겠지만 아마 추리란 이런 소소한 발견의 축적이리라.

"현재 시각은 10시 10분."

하며, 쿄코 씨는 감탄하는 나를 두고 병실 창가에 놓인 탁상시계로 눈길을 주었다. 그녀 말대로 시침과 분침이 가장 보기 좋은 각도를 형성하고 있다.

참고로 약속 시간은 10시였다.

즉, 쿄코 씨는 내 골절 부위를 10분에 걸쳐 감상한 셈이다. 오늘밖에 없는 쿄코 씨인데 그중 10분을 낭비하게 만들었다고 생각하니 반성하고 싶은 마음도 들었다.

내 탓이 아니라고 해도.

"여러모로 복잡한 사정도 있는 모양이고, 바쁘신 몸인 콘도 씨와 후모토 선생님의 스케줄에 맞추어 움직이게 되니까, 으음, 일단 지금 당장은 열두 시간 안에 해결하는 것을 목표로 할까요? 즉, 본 사안을 밤 10시까지 해결하기로 해요."

"어… 여, 열두 시간 안에요?"

느닷없이 구체적으로 제시된 그 숫자에 그만 놀라고 말았지만 이건 오히려 가장 빠른 탐정인 쿄코 씨치고는 시간을 들인 편이다.

콘도 씨와 후모토 선생님과는 오후에 사쿠소샤의 본사 빌딩 안에서 만나 좀 더 자세한 이야기를 듣기로 했는데 그 부분에서 크게 시간적 여유를 둔 것이리라. 뭐, 콘도 씨는 둘째 치고, 후모토 선생님으로부터 이야기를 듣는 것은 상당히 어려운 작업이 될 것이기에 그 정도 여유 시간은 잡고 예상하는 것이 현명하려나.

"우선은 카쿠시다테 씨부터 이야기를 들려주세요. 카쿠시다테 씨는 직접적인 의뢰인이 아니라 어디까지나 중개자이지만, 그와 동시에 사건 당사자이기도 하니까요."

"아, 네."

깁스를 감상하던 때는 상상도 할 수 없는 짜임새 있는 모습으로 쿄코 씨는 빠릿빠릿하게 진행해 나갔다.

당사자도 그냥 당사자가 아니라 하마터면 목숨을 잃었을지도 모를 만큼 당사자이므로 그 말에 이견은 없었다. 하지만 그 뒤에 이어진,

"일단 먼저 확인해 둘까 하는데요, 카쿠시다테 씨는 그 여중생을 죽이려고 한 게 아닌 거죠?"

라는 물음에 맥이 끊기면서 힘이 빠졌다.

손발이 골절된 몸으로 맥까지 끊겨서야 도저히 참을 수 없지만… 뭐, 늘 있던 일이라면 늘 있던 일이다.

대체로 쿄코 씨는 내가 뒤집어쓴 누명의 진위를 확인하는 데서부터 스타트한다. 그건 내 경우에만 그런 게 아니라, 아무래도 탐정으로서의 자세의 뿌리 부분에 '의뢰인은 거짓말을 한다'라는 절대 조항이 있기 때문인 듯하다.

타당하기는 하나 섭섭하기도 하다.

내 입장에서는, 벌써 상당히 오래 알고 지냈는데도 전혀 신뢰가 쌓이지 않는다는 것이 뭐라 형언할 수 없는 허탈감과 허무감으로 다가온다.

망각 탐정이기 때문에 쌓이지 않는 게 당연하다면 당연하지만….

"전화를 받고 이곳에 올 때까지 나름대로 예습을 마쳤는데, 아무래도 일부 보도에서 그런 정보가 흘러 나간 것 같아 확인하는 거예요. 기분 나쁘셨다면 죄송해요."

그렇게 사과하면서도 끝까지 내 대답을 기다리는 낌새인 쿄코 씨이다. 그 부분을 얼렁뚱땅 넘길 마음은 없는 듯하다. 어쩔 수 없이 나는,

"전혀 기억에 없는 일입니다."

라고 대답했다.

"애당초 그 당시에는 무슨 일이 일어났는지도 알 수 없었으니까요. 기억에 없다기보다는 기억 자체가 없습니다. 직장에서 집에 돌아가려고 한 데까지밖에 기억이 안 나요. 으직, 하고 뼈 부러지는 소리가 났고, 다음에 정신을 차려 보니 이 침대 위에 있었죠. 빌딩 옥상에서 뛰어내린 여중생이 저를 직격했다는, 바로는 믿기 힘든 사실을 저는 남한테 듣고 알았습니다."

나 자신의 불운함에 경악했다. 그런 불운을 겪었는데도 왠지 범인 취급을 당하고 있다는 그 후의 전개에는 경악하다 못해 고개를 숙였지만.

"그렇군요. 역시 저도 노리고서 낙하지점에 들어갔다는 건 비현실적이라고 생각해요. 떨어지는 여자아이를 구하려고 뛰어드는 것도 무리일 덴데, 하물며 다치게 할 목적으로 낙하지점에 뛰어들다니."

"그, 그렇죠? 저도 제가 왜 참고인 취급당하고 있는지 정말 영문을 알 수가 없어서…."

나는 그만 여느 때처럼 매달리듯 그렇게 말하고 말았다. 이번에는 딱히 내 누명을 벗겨 주기를 바라는 게 아니지만 이 태도는 이제 버릇 같은 것이었다.

하기야, 나는 그런 보도를 이른 단계에서 외면해 버렸지만, 콘도 씨의 말에 따르면 역시 리얼리티가 떨어지는 스토리 라인이라고 생각하게 됐는지 한때 과열되었던 보도도 어제 즈음부터 수그러든 모양이다.

다른 뉴스가 주목을 받기 시작했기 때문이기도 하겠지만. 보도가 참 유동적이라고 할까, 뉴스가 '흐른다'라는 건 정말 기가 막힌 표현이다.

"그런데, 카쿠시다테 씨. 정말로 모르셨나요? 여자아이가 떨어지는 걸 사전에 알았다면 피할 수도 있었을 것 같은데요."

쿄코 씨는 소박한 어조로 질문했지만, 만약에 피했다면 나는 무사해도 여중생은 무사할 수 없었을 것이다. 지금도 의식불명의 중태인데 그 경우에는 즉사했다고 해도 이상하지 않다.

하지만 탐정으로서는 해야 할 질문이려나.

뭐, 알았어도 피하지 않았을 거라고 단언할 수 있을 만큼 나도 성인군자는 아니지만.

몰랐기 때문에 일어난 일이다.

거리를 걸으면서 위를 올려다보는 일은 원래 좀처럼 없다. 어느 누가 머리 위에서 여중생이 떨어져 내리리라고 상상할 수 있을까.

"알겠어요. 그 부분은 믿도록 하죠."

납득한 듯 쿄코 씨는 그렇게 말해 주었다. 그렇지만 겨우 믿어 주었다는 생각에 내가 가슴을 쓸어내렸을 때 기습적으로,

"카쿠시다테 씨."

하고 그녀는 말을 이었다.

아직 무언가, 나에 대한 의혹이 쿄코 씨 안에 남아 있을 수도 있다는 생각에 역시 마음이 꺾일 뻔했지만, 그런 게 아니었다. 선언대로 나에 대한 진위 확인은 이제 끝나서 쿄코 씨는 이렇게 말했다.

"카쿠시다테 씨라고 하면 왠지 모르게 말하기가 힘드니 앞으로는 야쿠스케 씨라고 불러도 될까요?"

4

쿄코 씨에게는 오늘밖에 없어서 어제까지의 기억은 단 하나의 예외도 없이 지워지고 만다. 그러나 지워지는 건 기억으로, 체험했다는 사실 그 자체까지 지워지진 않는다.

물론 지금까지의 오랜 관계를 머리로는 기억 못 해도 몸이 기억하고 있기 때문에 여기서 나를 '야쿠스케 씨'라고 불렀다, 라고 감성적으로 생각하는 건 다소 작위적이라고 할까, 너무 희망적인 관측이다.

현실적으로는 '카쿠시다테 씨'란 문자가 '야쿠스케 씨'에 비해 어감이 별로라거나 미묘하게 발음하기 힘들다는 정도의 이유일 테니. 각각 여섯 글자와 다섯 글자이므로 부를 때 한 글자만큼 시간이 단축되기 때문이라는, '초고속'에서 비롯된 이유일지도 모른다. 게다가 '오늘'은 마침 그러고 싶은 기분이 들었을 뿐(골절 부위를 주물러 대서 기분이 업되었을 뿐인지도 모른다), 다음 기회에는 또 어김없이 리셋되어 '카쿠시다테 씨'로 돌아가 있으리라.

이것은 그 정도의 에피소드이다.

그 정도의 에피소드에 내가 완전히 동요하고 있는데도, 문제의 쿄코 씨로 말할 것 같으면 전혀 아랑곳하지 않고 일단 허락은 받았다고 판단했는지,

"야쿠스케 씨, 전화를 받았을 때 사정은 대강 들었지만 다시 정리하도록 할게요."

라면서 이야기를 앞으로 앞으로 진행시켰다.

가장 빠른 탐정은 멈추어 서지 않는다.

"야쿠스케 씨가 당하신 멋진… 아니, 위중한 피해에 대해서는 제쳐 두기로 하고, 이번에 제가 조사할 것은 어디까지나 어떤 여중생이 자살을 감행한 이유인 거죠?"

"아, 네. 맞아요."

"여중생이 남긴 유서의 내용이 의뢰인에게 몹시 불리한 내용이라서 그 진위를 확인하고자 한다. 그 말씀이죠?"

"…네. 바로 그거예요."

바로 그것이긴 하나, 그런 식으로 말하니 어쩐지 여중생이 남긴 불리한 내용의 유서를 나나 콘도 씨가 은폐하려고 획책하는 것 같아 꺼림칙한 기분에 사로잡혔다.

아니, 실제로 그렇게 보이더라도 어쩔 수 없다. 본인의 친필 유서가 있으니 그 이상을 찾는다고 할까, 그것 외의 '진상'을 찾으려고 하는 건 책임 회피로 일컬어지는 부끄러운 행위일지도 모른다.

"책임, 이라고요?"

쿄코 씨는 의미심장하게 미소 지었다.

의미심장하게, 그리고 사려 깊게.

"그 여자아이가 그 만화의 영향으로 투신했다 해도 저는 만화가 선생님에게 책임이 있다고는 생각하지 않는데요."

"네?"

"아니, 실례했어요. 방금 한 말은 개인적인 생각이에요. 저는 탐정이니까요, 법률에 근거하여 생각하는 것뿐이에요. 가령 독자가 만화의 영향으로 자살했을 경우 작가에게 죄를 물을 수 있다면 죄상은 자살 교사가 될 텐데, 확실히 공판을 유지하기란 불가능하리라 생각해요."

"······."

쿄코 씨는 '생각'이라고 했지만… '의견'이라고 해도 좋을 만큼 확고한 스타일로 보였다. 적어도 내가 품었던 '감상'과는 양상을 달리한다.

그렇게 말해 준다면 혹시 콘도 씨는 안심할지도 모르지만, 역시 나로서는 그렇게까지 단언할 수 없다.

법적 책임은 물을 수 없더라도 도의적 책임이 되면 그것은 또 다른 문제가 될 테고, 애당초 쿄코 씨가 말한 법률로 해결하려는 행위 자체가 감정적인 반발을 초래할지도 모른다.

"아하하. 그런 식으로 따지면 도의적 책임이라는 말도 상당히 이상한걸요. 뭐, 제가 '잊어버렸을' 뿐, 의외로 오늘날에는 그런 법률도 성립되었는지 모르죠. 분서焚書도 금서禁書도 역사적으로는 종종 있는 일이니까요."

어차피 표현의 자유 문제를 해결하는 건 오늘밖에 없는 망각 탐정에게는 버거운 일이에요, 라며 어깨를 으쓱하고 쿄코 씨는 빗나가려던 화제를 제자리로 되돌렸다.

"제가 해결할 수 있는 건 기껏해야 이번 사건 정도라고요."

물론 이쪽으로서는 그것으로 충분했다. 표현을 규제하는 법률과 표현을 규제하는 풍조에 대해 이 자리에서 논쟁을 벌일 이유는 없다.

뭐, 그렇다 해도 표현의 자유 문제에 대해서라면 아마 쿄코 씨는 오늘 오후에 그 점의 최고 당사자인 후모토 선생님과 이야기하게 되겠지만….

그때 쿄코 씨가 너무 자극적인 말을 하지 않으면 좋을 텐데, 하고 벌써부터 걱정이 됐다. 태도는 이처럼 온화해도 '어차피 내일이 되면 잊어버리니까'라고 생각하는지 쿄코 씨는 의외로 대화와 논의에서 인정사정 봐주지 않는 면이 있다.

은퇴까지 고려 중인 후모토 선생님을 그런 자세로 대하는 것이 꼭 바람직하다고는 생각할 수 없다….

책임을 느끼는 사람에게 그런 책임은 애초에 없었다고 전면 부정하듯 말하면 그 '몰이해'에 보다 완고해질 가능성이 있다. 과연 어떻게 될지.

"일단 승낙할까 하는데, 제가 이번에 할 일은 어디까지나 조사이니 설령 그 결과가 의뢰인인 콘도 씨에게 탐탁지 않은 것이라고 해도 보고를 왜곡하지는 않겠어요. 그 점만은 부디 양해해 주세요."

"아, 네. 그것은 물론 알고 있습니다. 조사 결과의 날조를 부탁할 생각은 없어요."

그것을 의무의 일부라고 떠드는 탐정도 있지만(그는 날조 탐정이라고 불린다) 쿄코 씨는 그런 일을 절대 하지 않는 탐정이라는 걸 아주 잘 안다. 게다가 누구보다 콘도 씨가 그런 비열한 행위를 원치 않을 것이다.

편집부로서, 출판사로서 어떤 대응을 하느냐는 다른 문제지만, 만약 여중생이 자살에 이른 원인이 과거 발표한 작품에 있다면 그 사실을 외면하지 않을 것이다. 그 사람은 그런 사람이다.

그러므로, 주시해야 하는 건 그가 느끼는 위화감이다.

딱 납득이 안 간다. 너무 납득이 잘 간다.

어딘가 작위적인….

콘도 씨의 말을 떠올려도 나로서는 그가 말하고자 하는 바를
짚어 낼 수도 없지만, 쿄코 씨에게 하는 의뢰 내용은 사건의 진
상을 조사해 달라는 것과 동시에 역시 그 조사를 통해 콘도 씨
가 느끼고 있는 위화감의 정체를 규명해 달라는 것이 될지도 모
른다.

"아, 그거라면 벌써 대충 짐작은 가는데요?"

그러자 쿄코 씨는 대뜸 그런 소리를 했다.

"아, 그렇군요, 짐작은 가는군요…가 아니라, 네?"

너무나도 자연스러운 흐름에서 나온 말이라 하마터면 흘려들
을 뻔했다.

어? 지금, 뭐라고?

"지, 짐작은 간다니… 무슨 의미죠?"

"그야 짐작은 간다는 의미예요. 예습하는 사이 콘도 씨가 말
씀하시는 부분은 알았어요. 네, 그 점에 대해서는 저도 크게 동
감해요. 이 사건에는 강한 위화감이 있어요. 그것을 감지해 낼
수 있다니, 역시 프로 편집자는 감성이 풍부하시군요."

"……."

그런 식으로 따지면 프로 탐정의 감성 또한 풍부했다. 설마 쿄
코 씨가 본인을 만나기도 전에 이미 콘도 씨가 느낀 위화감의
정체를 파악했을 줄이야.

예습으로 수업이 끝나 버리지 않았는가. 가장 빠른 탐정의 진

가가 너무 심하게 발휘되었다.

"그, 그 위화감은 분명히 말로 표현할 수 있는 것인가요? 감각적인 것이 아니라….."

"위화감이니까 감각적인 것이기는 하지만 분명히 말로 표현할 수는 있어요. 어느 정도라면 논리적으로 설명할 수 있을 것 같아요."

콘도 씨조차 분명히 명문화하지 못한 위화감을 논리적으로 설명할 수 있단 말인가. 당장에는 믿을 수 없다.

"으~음, 글쎄요. 콘도 씨의 인품에 대해서라면 전 모르지만, 아마 사실은 알고 계실 거라고 생각해요. '말로 표현할 수 없다'가 아니라 '말로 표현하기 힘들다'가 아닐까 추측되네요."

"……? 네에….."

'말로 표현할 수 없다'와 '말로 표현하기 힘들다'의 뉘앙스 차이는 잘 모르겠지만… 만약에 콘도 씨가 사실은 위화감의 정체를 알고 있었다면 애당초 쿄코 씨에게 의뢰를 하지 않았을 것 같은데?

…참고로, 콘도 씨의 인품을 모른다고 한 쿄코 씨지만 물론 두 사람은 여러 번 만났다. 쿄코 씨가 잊어버렸을 뿐이다.

"가르쳐 주세요. 뭔가요? 그 위화감이란."

"그 질문에 대답하면 같은 추리를 오전과 오후, 두 번에 걸쳐서 설명하는 처지가 되니 부디 오후에 정리하게 해 주세요."

쿄코 씨는 웃으면서도 아주 쌀쌀맞게 거절했다.

스피드를 중시하는 탐정에게 같은 추리를 두 번 하는 시간 낭비는 '처지'라고 표현할 만큼 참을 수 없는 것인 모양이다.

오후에 콘도 씨와 후모토 선생님과 이야기할 때 정리한다는 건 방법으로서는 합리적이지만, 그렇다면 역시 내 깁스를 만지고 있었던 시간이 한없이 낭비였던 게 아닐지….

"뭐, 이왕 이렇게 되었으니 야쿠스케 씨도 추리해 보시는 게 어때요? 야쿠스케 씨가 가진 정보만으로도 어느 정도는 추측할 수 있거든요."

"아, 알겠습니다… 노력해 보죠."

노력으로 어떻게 될 일 같지는 않지만 그런 식으로 말하면 그렇게 받아치지 않을 수 없다.

"단, 위화감의 정체를 파악한 것만으로는 도저히 탐정으로서 일을 했다고 말할 수 없어요. 그러니 의뢰 내용의 정리도 끝난 참에 슬슬 움직이기로 할까요, 야쿠스케 씨?"

"네? 움직이다니…."

"저는 침대에 누워 추리하는 성미가 아니라서요. 행동파라고요. 얘기는 걸으면서도 할 수 있겠죠?"

침대에 누워 추리하는 사람이 탐정이라면 내가 탐정이 되어버린다. 그건 그렇고, 쿄코 씨가 행동파 탐정이라는 건 잘 알고 있다. 뿐만 아니라 눈을 떼면 어디로 가 버릴지 알 수 없을 만큼 좀처럼 가만있지 않는 사람이다.

다리가 골절된 사람에게 얘기는 걸으면서도 할 수 있겠죠, 라는 건 상당히 혹독한 발언이지만 그 부분은 뭐 간과하기로 하고. 그런데 사쿠소샤로 향하기에는 역시 아직 이르지 않을까?

콘도 씨와의 약속 시간은 오후 1시다. 아직 11시도 되지 않았다. 병원에서 사쿠소샤까지 아무리 많이 잡아도 30분이 채 걸리지 않으리라. 도중에 점심을 먹는다 해도 출발하기에는 너무 성급한 시간대다.

그렇다면 이동 중에 정신없이 이야기하는 것보다는 이 병실에 엉덩이를 붙이고 앉아 조금 더 세부를 분명히 하는 게 좋지 않을까. 아무리 초고속을 추구하더라도 그것이 초고속이 아닌 졸속이 되어 버려서야 의미가 없다.

그런 건 그녀 자신이 제일 잘 알 텐데.

"아니, 아니. 바로 사쿠소샤로 향하는 게 아니라요. 그 전에 현장 검증이에요. 야쿠스케 씨가 운 좋게도… 아니지, 운 나쁘게도 골절상을 입으신 장소. 즉, 여중생 사카세자카 마사카逆瀬坂雅歌 짱이 투신했던 복합빌딩 말이에요."

"……!"

일반에는 공개되지 않은 미성년자 여중생의 이름을 파악하고 있는 건 그녀가 말한 예습의 성과라기보다는 탐정의 통상적인 조사 능력이라 치고, 현장 검증이라는 건 생각 못 했다.

한 아이가, 미수라고는 해도 자살에 이르렀으니 그야 엄청난 사건이기는 하나, 이른바 추리소설에서 말하는 사건성은 없으니 일반적으로 생각하면 현장 검증을 할 필요는 없다. 그런데 쿄코 씨는 그렇게는 생각하지 않는 듯했다.

나로서는 그 필요성을 모르겠지만, 같은 추리를 두 번 하는 수고조차 아낀 쿄코 씨가 가고자 하니 분명 그만큼의 의미가 있으리라.

길 안내를 부탁한다면 거절할 이유는 없다.

"그런데 쿄코 씨. 사쿠소샤에 가기 전에 그… 여중생이 뛰어내린 현장에 들르게 되면 시간적으로는 상당히 빠듯해지고 마는데요. 그도 그럴 것이 완전히 역방향이라서…."

"어머나, 그런 것쯤은."

쿄코 씨는 아무렇지도 않은 듯 말했다.

"점심을 거르면 되잖아요."

오키테가미 쿄코의

유언서

제3장

안내하는 카쿠시다테 야쿠스케

1

어디까지나 시간 절약에 철저하고자 한다면 이동할 때에는 택시를 활용하는 것이 최적의 수단이겠지만, 망각 탐정 쿄코 씨는 기본적으로 조사 활동 중 택시에 타는 것을 별로 좋아하지 않는다. 녹음과 녹화가 이루어지는 차량 카메라가 있기 때문이다.

묵비의무를 엄수하고 다음 날이 되면 전부 완전히 잊는 데 중점을 두는 쿄코 씨로서는 업무 중의 동선이 분명히 기록에 남는 걸 가능하면 피하고 싶은 것이리라. 뭐, 차량 카메라까지 피하는 건 다소 신경과민 같기도 하지만, 좀처럼 메모도 하지 않을 만큼 '망각'이 몸에 밴 쿄코 씨이니 그 정도 배려는 하는 게 당연한 부류인지도 모른다.

될 수 있으면 다리뼈가 부러진 안내자도 배려해 주었으면 하지만, 그런 이유로 사건 현장에는 전철로 이동하게 되었다.

퇴원해도 좋다는 말까지 들었을 정도이므로 주치의의 외출 허가는 간단히 떨어졌으나 곤란한 것은 내 신장에 맞는 사이즈의 목발이 없었다는 점이다. 아니, 있기는 있었지만 구형의 낡은 목발이라 오른팔도 골절된 몸으로는 아무래도 다루는 데 어려움이 있었다.

뭐, 사용할 수 없을 정도는 아니니까 지금은 이것으로 참는 수밖에 없나… 하고 포기하려 했는데,

"안심하세요. 제가 안내자를 배려할 줄 모르는 탐정인 줄 아
셨다면 큰 오산이에요."

하며, 쿄코 씨가 침대에서 내려온 내 오른쪽으로 다가왔다.
자신의 몸을 목발 대신 내어 줄 생각인 모양이다.

"악, 우왁."

"사양하지 말고 단단히 몸을 맡겨 주세요. 이래 봬도 꽤 튼튼
한 몸을 가졌거든요."

확실히 이렇게 하면 꽤 편하게 걸을 수 있을 것 같지만 쿄코
씨에게 이런 헌신적인 일을 시킬 수는… 하고 고사하려 했으나,
내 몸을 받치듯 하며 오른쪽 다리와 오른팔의 깁스를 스스럼없
이 만지는 쿄코 씨를 발견하고 그런 마음은 사라졌다.

전철로 이동하기로 한 것도 그저 단순히 골절 부위를 만지기
위한 구실이 아니었을까 의심하고도 싶지만 그 점을 따지고 있
을 때가 아니다.

그렇다기보다 너무 깊이 파고들고 싶지 않은 부분이었다.

"그럼 길 안내를 부탁드려요."

"네… 여기서부터라면 현장까지 전철로 세 정거장이에요. 역
까지는 이대로 걷는 수밖에 없지만."

"바라는 바예요."

바란다 한들….

상당히 몸을 밀착시키고 걷게 되므로 가는 길에 주목을 받는

다고 할까, 상당히 낯부끄러운 구석이 있었지만 쿄코 씨에게는
전혀 신경 쓰는 기색이 없다.

　그 점에서는 무방비라고 할까… 내 깁스를 보면 쿄코 씨가 나
를 극진히 간호하는 것처럼도 보이겠지만…. 뭐, 적어도 골절을
동경하는 여성의 흉계로 보이지 않는다면 그걸로 됐다.

　"길 안내 하니까 말인데… 여중생이 유서에 적었다는 후모토
선생님의 단편 작품도 그런 제목이었죠."

　"네? 그랬나요?"

　그녀 말대로 이동하면서 대화하고 있다.

　거리감이 너무 가까워서… 아니, 밀착되어 있어 거리감이 제
로이므로 안절부절못하여 스스로가 제대로 말하고 있는지 어떤
지 자신이 없다.

　하지만 내 기억이 확실하다면 후모토 선생님의 단편은 그런
제목이 아니었을 텐데?

　그러나 망각 탐정의 기억력은 리셋되기 전 하루 이내라면 나
따위와는 비교도 안 될 만큼 정확하다.

　'예습'의 성과라면 틀리지는 않을 것이다…. 이미 조사한 투신
소녀의 이름을 다시 '여중생'이라는 말로 감추기 시작한 이유는
개인 병실에서 밖으로 나왔기 때문이리라.

　어디서 누가 듣고 있을지 모른다. 이것은 지나친 경계라고 할
수 없을 것이다.

사건 당사자인 나를 쫓아다니는 보도 기관이 꼭 없다고도 할 수 없다. 그렇지 않아도 사사건건 사건에 휘말리는 누명 체질의 나는 공안에 감시당하고 있다는 소문도 있다.

…소문이 사실이라면 온통 백발인 여성과 딱 붙은 채 병원에서 나온 나를 그들이 어떻게 보고 있을까 싶어 여간 속이 타는 게 아니지만.

"그렇지만, 분명… 콘도 씨에게서 들은 제목은 치체인가 로네인가, 뭐라고 하셨는데…."

"그거 맞아요. 『치체로네』. 이탈리아어로 '안내자'라는 의미예요. 작중에서는 저승길 안내인이라는 듯한 뉘앙스로 쓰였죠."

뭐야, 그런 거였나.

무슨 의미인지 모르겠다고 생각했는데. 어쩌면 만든 말일지도 모른다고 생각했는데. 그런 확실하고 구체적인 의미의 제목이었던 것이다.

자살을 과도하게 미화하는 묘사가 있는 만화라고 콘도 씨는 말했다. 쿄코 씨는 '예습'으로 그 단편을 이미 읽은 것일까.

그렇게 묻자,

"네. 후모토 선생님의 작품은 얼추. 그리 엄청난 숫자도 아니었거든요."

라고 쿄코 씨는 말했다.

변함없이 책 읽는 속도가 심상치 않다…. 콘도 씨의 말에 따르

면 후모토 선생님의 커리어는 결코 짧지 않을 테니 그런대로 많
은 숫자였을 것 같은데.

"…감상은 어땠나요?"

"네?"

"그, 그게, 그러니까 해당 작품을, 실제로 읽어 보니… 어떤
작품이었죠?"

분명한 표현을 피하려다 보니 취지가 애매한 질문이 되고 말
았다. 사실은 읽고 나면 자살하고 싶어질 만한 내용인지 어떤지
를 물으려고 했는데, 어쩐지 무척 악취미적인 질문 같아서 꺼려
졌다.

그러나 탐정인 쿄코 씨에게는 전부 다 말할 필요가 없었다. 그
녀는 잠시 생각하더니 "글쎄요."라고 말했다.

"뭐, 『치체로네』에 대한 이야기는 역시 오후에 하기로 해요.
야쿠스케 씨가 책을 읽기도 전에 저의 감상을 듣고 불필요한 선
입관을 가지는 것도 좋지 않으니까요."

"아, 네."

나는 특별히 그 단편을 읽을 계획이 없었는데… 관계자로서
이대로 읽지 않고 넘어갈 생각이라는 것도 불성실한 일인지도
모르겠다.

사쿠소샤를 방문했을 때 콘도 씨에게 보여 달라고 해야 할
까…. 나는 쿄코 씨만큼 빨리 읽지 못하지만 단편 작품이라면

역시 5분도 걸리지 않으리라.

그렇다면 이 이야기도 보류라고 생각하는데,

"이를테면 유메노 큐사쿠夢野久作 선생님의 『도구라 마구라』는 '읽으면 미친다'라는 선전 문구와 함께 발표되었죠."

라고 쿄코 씨가 말을 이었다.

잡담은 아니다.

시간을 아껴 가며 행동하는 중에 추리소설 담론에 꽃을 피우려고 할 만큼 현학적인 취미는 없다.

그런데 역시 나도 『도구라 마구라』를 읽었는데 그런 카피가 달린 줄은 몰랐다.

"…그래도 설마, 실제로 미친 독자가 있는 건, 아니겠죠?"

"네. 적어도 그런 공식 발표는 없었어요."

이 경우 쿄코 씨의 기억은 믿을 만하다. 『도구라 마구라』만큼 옛날 책에 얽힌 에피소드라면 쿄코 씨의 기억이 쌓이지 않기 이전의 지식이니까.

"저도 미치지 않았고요."

깁스를 어루만지면서 말해도 그 점은 설득력이 현저하게 떨어지지만… 뭐, 나도, 적어도 내가 아는 한 읽고서 미친 것 같지는 않다.

"단, 그만한 명작을 읽고도 인생에 아무런 영향도 받지 못했다면 감수성에 다소 문제가 있다고 말하지 않을 수 없죠."

쿄코 씨는 그 부분은 단정적으로 말했다.

그런데 '말하지 않을 수 없다'라고까지 하면 표현이 세다고 할까, 약간 팬으로서의 시점이 반영되었다는 느낌도 든다.

솔직히 말해 『도구라 마구라』는 너무 어려워서 나로서는 잘 이해하지 못한 부분도 있었던 것이다… 지금 읽는다면 감상도 또 달라지겠지만.

역에 도착했기에 표를 샀다.

택시에 타지 않는 것과 같은 이유로 쿄코 씨는 업무 중에는 IC카드를 사용하지 않는다. 이력이 남기 때문이다.

따라서 조금 시간이 걸리지만, 그 정도는 가장 빠른 탐정이라면 금방 만회할 수 있는 오차 범위 안이다.

그건 그렇고, 우리가 플랫폼에 도착한 시점에 맞추듯이 전철이 도착해 준 건 행운이었다. 현장 검증을 하다가 결과적으로 콘도 씨와의 약속에 늦었다는 전개는 가급적 피하고 싶다.

"자, 앉으세요."

쿄코 씨가 비로소 나를 풀어 주었다. 풀려나면 풀려나는 대로 아쉬운 마음이 드니 나도 참 제멋대로다.

뭐, 두 군데 골절상을 입은 몸에 이동은 역시 생각보다 기력이 소모되는 일이었기에 앉을 수 있다는 건 감사하다. 쿄코 씨도 역시 거인의 목발이 된다는 게 결코 쉽지는 않았는지 내 옆에 앉아서 쭉 기지개를 켰다.

그리고,

"후우⋯."

하더니 눈을 감았다.

"저, 저기. 잠들지 말아 주세요."

내 몸의 절반을 받치느라 지친 그녀에게 그런 말을 하자니 마음이 아팠지만, 여기서는 마음을 독하게 먹지 않으면 안 된다. 여기서 선잠에 빠지면 큰일 난다.

하루마다 기억이 리셋되는 망각 탐정.

다음 날 아침이 되면 어젯밤까지의 체험을 잊어버리는 특이 체질. 그것은 보다 정확하게 말해 '자고 일어나면' 기억이 리셋된다는 의미인데, 이 경우 선잠이든 낮잠이든 예외는 없다.

지금 전철의 흔들림에 맞추어 한순간이라도 잠에 빠져 버리면 내 의뢰도 사건에 대한 예습 내용도, 예습 단계에서 이미 알아차렸다는 콘도 씨가 품은 위화감의 정체도 한꺼번에 건망健忘의 저편이 될 것이다.

망각 탐정으로서 가장 있어서는 안 될 전개지만 가장 있음 직한, 경계하지 않으면 안 될 전개이기도 하다⋯.

"괜찮아요. 어제는 잠을 푹 잤거든요."

그렇게 말하면서도 쿄코 씨는 좌석에서 일어섰다. 앉아 있으면 잠들어 버릴지 모른다고 우려했는지도 모른다.

애당초 취침 시각은 기억에 남아 있지 않을 테니 쿄코 씨가 어젯밤에 '잠을 푹' 잤는지 어떤지는 확실치 않다…. 수면 시간이란 체감에 따른 것으로, 열 시간 자고도 여전히 졸릴 때가 있는가 하면 한 시간의 선잠으로 단숨에 졸음이 가실 때도 있다. 어쩌면 어제 맡은 의뢰의 해결 편이 심야까지 이어졌을 가능성도 있다.

그 부분을 조정할 수 없는 것이 망각 탐정의 약점인가…. 졸음이라는 건 컨트롤할 수 있는 게 아니니까.

"권선징악 이야기를 쓰려면 필연적으로 선뿐만이 아니라 악도 묘사하게 되겠죠. 선을 강력하게 묘사하려면 그에 필적할 만큼 악을 강력하게 묘사할 필요가 생겨나요. 그 부분에 영향을 받는 독자가 없다고만은 할 수 없어요."

끊겼던 화제가 느닷없이 재개되어 당황했지만 이야기를 하면 잠드는 일도 없겠다는 생각에,

"이른바 좋은 책이… 추천 도서 같은 책이 독자에게 결코 좋은 영향만 주는 건 아니라는 의미인가요?"

라고 나는 대꾸했다.

"그렇죠. 악을 전혀 묘사하지 않는 이야기라고 해도 그건 그것대로 악영향을 예상할 수 있어요. 아동을 대상으로 한 부드러운 명작 연애소설을 읽고 남자아이는 모두 다정하고 멋지고 신사적이고 레이디 퍼스트고 왕자님이라 생각한 채 사교계에 데뷔한다면 큰일 날 거 아니에요? 현실과의 갭에 잡아먹힐 거예

요."

가정치고는 묘하게 실감이 나서 리얼리티가 있었다. 혹시 쿄코 씨가 망각 탐정이 되기 이전, 10대 시절의 일화라면 귀중한 것을 듣고 만 느낌이다.

잡아먹힌 적이 있는 것일까….

"그 부분은 육아라고 할까, 교육의 어려움이기도 하겠죠. 아이는 어른의 생각대로는 자라 주지 않아요."

"뭐… 그렇…죠."

추천 도서를 예로 들었지만, 초등학생 시절의 나는 부모님과 선생님이 권하는 책을 거의 읽지 않았다.

오히려 어른이 눈살을 찌푸릴 만한 만화와 애니메이션을 즐겨 본 느낌이다. 추리소설을 읽었다가 '사람을 죽이는 책이나 읽는다'라는 비아냥조의 말을 듣곤 했지만(지금 생각하면 그것이 누명 체질의 온상이 되고 말았는지도 모른다), 오히려 나는 어른이란 어째서 이토록 재미있는 이야기를 멀리하려는 건지 이상하게 생각했다.

누구나 한 번은 어린아이였을 텐데 어째서 어린아이의 마음을 이해하지 못하는 걸까, 하는 생각을 했다.

"아하하. 그거야 뭐, 누구나 한 번은 어린아이였기 때문이겠죠."

"……? 쿄코 씨, 그건 무슨 의미인가요?"

"으음, 그게 누구든지 다들 어렸을 적에는 대체로 변변치 않은 법이잖아요. 순수하다고 하면 듣기에는 좋지만, 어리석고 생각이 부족한 어린 시절을 다들 한 번은 경험했기 때문에 나쁜 책을 규제하지 않으면 안 된다고 생각하는 게 아닐까요?”

“……”

노골적이라고 할까, 웃음을 섞어 명랑하게 말했지만 제법 톡 쏘는 지적이네…. 뭐, 확실히, 내 어린 시절을 돌이켜 보면 그렇지 않다고는 말할 수 없다.

아무에게도 말할 수 없으리라.

“인생은 부모 흉내에서 시작되지만 부모로서는 자식이 자신과 같은 실수를 하지 않았으면 좋겠다고 생각할지도 모르죠. 그 마음을 무턱대고 부정하는 것도 무리한 일이에요.”

“무, 무리하다고요?”

뜻밖의 발언이었다.

지금까지의 대화 흐름상 틀림없이 쿄코 씨는 픽션인 이야기를 나쁜 사람으로 몰아가는 논조에는 반대일 거라고 생각했는데, 아무래도 그렇게 일면적이지도 않은 모양이다.

그것을 뒷받침하듯이 쿄코 씨는,

“후모토 선생님의 작품이 어땠는가 하는 각론은 뒤로 미루기로 하고 총론으로서, 독자를 자살로 이끌지도 모를 만한 서적은 ‘있다’고 생각해요. 자살과 동반자살을 교묘한 기술로 ‘멋지게’ ‘아름답게’ 묘사함으로써 독자의 가치관을 뒤흔드는 이야기는 확실한 사실로 존재하겠죠."

라고 말했다.

"집필한 작가 자신이 소설 내용에 영향을 받아 스스로 죽음을 택했다고밖에 생각할 수 없는 케이스도 전 세계적으로 종종 볼 수 있는 일이고요. 그런 면에서 문학의 힘은 얕볼 수 없어요. 하지만 만약에 그 점에서 작가의 책임을 따질 거라면 적어도 독자의 5퍼센트 이상이 자살했다는 등의 유의차有意差가 있는 통계가 필요할 거예요."

독자의 수가 많으면 당연히 그 안에 반사회적인 행위로 치닫는 자가 있을 확률도 높아진다. 어떤 범죄소설이 어떤 범죄자의 책장에 꽂혀 있었을 경우, 그 책이 소유자를 범죄로 치닫게 했는지 아니면 반사회적인 범죄자마저 사로잡을 만큼 매력적이었는지를 바르게 관측하기란 어렵다.

쿄코 씨가 말하는 건 그런 가정이 아니라 더욱 실제적인 데이터겠지만.

"확실히 축구 만화를 읽었다고 해서 모두 축구 선수가 될 수 있는 건 아니니까요…."

"네. 연애요소가 강한 순정만화를 읽는다고 반드시 누구나 좋은 사랑을 할 수 있다고는 할 수 없듯이."

순정만화에서 묘사되는 사랑에 대해 정념이 강하네…. 실제로 어떤 10대를 보냈을까, 쿄코 씨는.

"물론."

하고 그녀는 거듭 말을 이었다.

"탐정소설을 읽었다고 반드시 누구나 명탐정이 될 수 있다고는 할 수 없죠."

과연 그렇다.

그건 추리소설을 읽고 범인이 되는 것보다 훨씬 어려운 결과이리라.

2

쿄코 씨의 희망에 따라 서둘러 자투리 시간을 활용하여 시행하게 된 현장 검증이고 그렇다면 완전히 사적인 일이 되고 말지만, 내게는 그 기회를 이용하여 겸사겸사 끝내 버리고 싶은 용무가 있었다.

아니, '겸사겸사'라는 표현은 부적절하고 애초에 나로서도 바라는 바가 아니었다. 원래는 다른 일을 하면서 겸사겸사 끝낼 수 있을 만한 용무가 아니다.

그러나 가장 빠른 탐정이 아닌 나일지라도, 가능하다면 그건 하루라도 빨리 매듭짓지 않으면 안 되는 머스트 투 두must to do한 일이었다.

즉, 퇴직 수속이다.

여중생이 옥상에서 뛰어내린 7층짜리 복합빌딩은 사실 내 직장이 있는 곳이기도 했다. 그 1층에, 고서점 '신소도眞相堂'는 입점해 있었다.

추리소설 전문인 옛날 헌책방.

다다미 여덟 장 정도의 가게 면적에 헌책이 가득 들어찬, 점주 혼자 꾸려 나가는 이른바 개인 경영 헌책방에서 나는 단기간이나마 일한 것이다.

이 직장에서 일을 마치고 집에 돌아가려 한 바로 그 순간, 내 머리 위로 여중생이 떨어졌다.

취직만 했다 하면 직장 문제의 누명을 뒤집어써서 매번 탐정을 불러 혐의를 벗고, 결국에는 있기가 거북해져서 목이 잘리는. 그런 무가치한 로테이션을 반복 중인 내게는 사실상 직업 선택의 자유가 없다고 해야겠지만, '신소도'의 경우에는 꽤 적극적이고 선택적인 구직활동을 벌였다.

콘도 씨가 보기에는 '박쥐같은 짓'인지도 모르지만 '추리소설 전문 헌책방'이라는 부분이 포인트였다.

스스로가 체험한 불가사의하고 불가해한 문제를 최근 비망록으로 집필 중인 나로서는 미스터리에 대한 조예를 더욱 심화하고 싶은 욕구가 있었던 것이다. 이 시대를 주름잡는 큰 히트작은 물론이거니와 현재는 입수하기 힘든 미스터리를 더 공부하고 싶다. 말하자면 취미와 실익을 겸한 취직을 꾀한 셈인데, 참 희한하게도 그런 탁상공론이 실현되었다.

고서점뿐만 아니라 책을 취급하는 직장이란 일종의 육체노동의 측면도 있으므로(종이는 무겁다) 이 경우에는 내 커다란 몸이 유리하게 작용했는지도 모른다. 사다리를 이용하지 않아도 천장 근처의 책에 손이 척척 닿는 신장이 점주님에게 은혜로웠다는 것은 있으리라.

내 열의가 전해졌다기보다 그쪽이 더 현실적인 해석이다. 그리고, 그렇다면 그 말은 팔다리가 다 골절된 나는 더 이상 가게에 도움이 될 수 없다는 뜻이었다.

물론 고용 계약이 성립되어 있는 이상, 내가 물고 늘어지면 골절상을 입었든 미디어로부터 의심의 시선을 받고 있든 나를 해고하는 건 불가능하지만, 그런 일을 할 생각은 없었다. 좋아서 취직한 직장에 민폐를 끼치고 싶지 않다.

가게 바로 앞에서 죽을 뻔한 것만으로도 상당히 민폐를 끼친 셈이고, 내가 한창 까닭 없는 의혹의 시선을 받을 때에도 매스컴의 취재에 일절 응하지 않은 점주님의 태도에는 성의껏 부응하고 싶었다.

그런 이유로, 병원에서 전철로 세 정거장 떨어진 곳에 위치한 복합빌딩에 도착했을 때 쿄코 씨와 개별 행동을 취하게 되었다. 쿄코 씨를 먼저 옥상으로 올려 보내고 나는 고서점 '신소도'에 들르기로 했다.

"혼자서 걸을 수 있겠어요?"

라고 쿄코 씨는 걱정했지만, 쿄코 씨의 부축을 받으면서 퇴직 인사를 하러 간다는 건 그다지 좋은 모습이 아니겠지. '추리소설 전문 헌책방'이라는 어감에 쿄코 씨는 흥미가 당긴 것도 같았으나.

"그럼 옥상에서 합류해요."

라면서 쿄코 씨는 빌딩으로 들어갔다. 엘리베이터가 없는 낡은 빌딩이라 옥상까지는 꽤 체력이 소모되겠지만… 뭐, 내 거구를 받치고 있을 체력이 있는 쿄코 씨이다, 7층까지의 계단쯤은 문제도 아닐 것이다.

기특한 말을 하면서도 성가신 일은 얼른 끝내 버리고 싶은 이기적인 마음도 있어서 나는 나대로 고서점 '신소도'로 향했다.

그런 사건이 바로 코앞에서 있었던 터라 어쩌면 문이 닫혀 있을지도 모른다고 생각했지만 아무래도 정상 영업인 것 같았다. 뭐, 사건 당일쯤은 경찰이 현장의 인도를 봉쇄했을지도 모르지만 사람이 지나다니는 길이니 계속해서 통행을 금지할 수는 없으려나.

그렇다면 옥상으로 향한 쿄코 씨도 발이 묶여 있진 않겠지, 생각하면서 나는 자동문이 아닌 미닫이문을 열고 '신소도' 안으로 들어갔다.

역시 정상 영업인 듯, 점주님은 카운터 너머 계산기 앞에서 내가 일하던 때처럼 무뚝뚝한 얼굴로 상품인 헌책의 페이지를 넘기고 있었다.

퇴직 수속은 엄숙하게 끝났다. 내게 잘못이 있는 건 아니지만 현실적으로 가게에 끼치고 만 민폐에 대해서는 불평 한마디쯤 들을 것을 각오했는데, 그 점은 괜한 생각이었다.

그 대신, 혹시나 잡아 주지 않을까 하는 옅은 기대도 역시 괜한 생각으로 끝났다.

오래 근무하지도 않았으니까, 그런 법인가. 앞치마나 우산은 나중에 와서 돌려드리겠다고 하자 작별 선물로 주겠단다. 퇴직금으로는 좀 그런 것 같지만 뭐, 추억은 될 것이다.

다음에는 손님으로 오겠다며 인사한 뒤 오래 있을 필요가 없다는 생각에 나는 골절된 다리를 끌듯이 가게를 나왔다. 가게 이름은 공개되지 않았지만 방송을 타며 일시적으로 매상이 올랐다고도 일러 주어 그 점에서는 조금 마음이 편해졌다.

무뚝뚝한 점주님의, 다정한 거짓말이라기보다는 서툰 거짓말이었는지도 모르지만.

"우리 가게는 추리소설 전문 헌책방이니까. 그런 사건은 오히려 고마운 법이거든."

그런 식으로 생각할 수도 있나.

조심성 없는 생각임에는 틀림없지만 그 굳건한 상인 정신은 믿음직스럽기도 했다. 추리소설이라는 문화를 앞으로도 계속 그런 식으로 지켜 주었으면 좋겠다고 진심으로 생각했다.

3

그런 이유로, 또다시 경사스럽게 무직이 된 나는 부러진 다리
로 불편하게 계단을 올라 옥상에 도착했다가 쿄코 씨가 울타리
를 타고 넘으려는 광경을 조우했다. 스커트 차림으로 울타리에
걸터앉으려던 참이었기에 더없이 경박해 보였다.

그것보다도 단순히 위험했다.

"쿄…! 쿄…."

무심코 부를 뻔하다가 황급히 자신의 입을 틀어막은 나. 이런
상황에서 불러 놀라게 하면 진짜로 떨어질 우려가 있다.

놀란 건 나였지만.

다른 건 둘째 치고 등 뒤로 달려가서 훌쩍 울타리 안쪽으로
안아 들이고 싶었지만, 한쪽 다리가 골절되어 달려갈 수가 없고
한쪽 팔이 골절되어 안아 들일 수가 없었다.

방금 전 퇴직하고 온 것도 더해져서 나는 엄청난 무력감에 사
로잡혔다. 그러고 있는데 울타리를 넘어간 쿄코 씨가 이쪽을 돌
아보더니,

"아, 야쿠스케 씨. 수고하셨어요."

라고 태평하게, 위로하는 듯한 말을 했다.

원하는 건 위로가 아니라 설명인데.

"결과는 어땠어요? 무사히 퇴직할 수 있었나요?"

"아, 네. 그 부분은 막힘없이⋯."

이상한 대화이다.

퇴직에는 무사도 막힘도 없을 텐데. 아니, 있나?

일이라는 건 관두고 싶다고 관둘 수 있는 게 아니다. 그것은 실제 체험으로서 잘 알고 있다.

그런 의미에서라면 이번에는 그나마 원만하게 퇴직할 수 있었던 편이다. 만신창이이긴 하나 적어도 고용주와 부딪치는 일은 없었다. 그렇게 설명하고 나서,

"그런데 쿄코 씨. 뭘 하고 계시는 거죠?"

당장에라도 뛰어내리려는 자살 희망자를 설득하는 형사의 기분을 맛보면서, 나는 말했다. 쿄코 씨는 울타리 너머에 아무렇지도 않게 서 있었지만 발판은 그녀의 발 사이즈와 거의 같았다.

조금만 밸런스가 무너지면⋯ 아니, 그렇지 않아도 강한 바람이 불면 그것 때문에 떨어질지도 모른다.

그렇게 되면 그 여중생을 따라 죽은 것처럼 다루어질 것이다. 현장에 또 함께 있었던 나는 이번에야말로 공적 기관이 정식으로 움직이는 레벨의 의심을 받을지도 모른다.

내가 명탐정을 죽인 범인으로 지목된다는 완전히 최악의 미래

예상도에 사로잡혀 있는데,

"따라 죽는다고요? 그 또한 이야기성의 영향이라고 할 수 있겠네요."

라고, 쿄코 씨는 내 걱정도 아랑곳없이 그런 엉뚱한 말을 했다.

아니, 엉뚱한 게 아닌가?

"그런데, 그렇게 되면 인간이란 어떤 이유에서든 죽고 싶어 하는 존재인지도 모르겠어요."

"주… 죽고 싶어 하다니요?"

"자살욕구라고나 할까요. '죽고 싶다'라는 욕구는 어른이든 아이든 누구나 가진 것이겠죠."

"……."

그렇다고는 할 수 없지만 심리학 용어에도 타나토스라는 말이 있다. 자기 파괴 본능이라는 의미인데, 그 말을 자살욕구로 번역하는 것도 가능하리라.

죽고자 하는 마음.

사람에게는 무슨, 어떤 계기로 죽어 버릴지 알 수 없는 위태로움이 있다. 당연히 그 충동이 내부가 아니라 외부를 향하는 경우도 있으리라.

그렇다면 사형 선고를 받고 싶다는 동기로 흉악 범죄에 손을 대는 범인의 충동에 대해 '영문을 모르겠다'라고 단언하는 건,

불가능할지도 모른다. 그것은 신물이 날 만큼 '자주 있는 일'이 니까.

　그러나 냉정하게 생각해 보면 쿄코 씨는 울타리를 타고 넘기 에 앞서 부츠를 벗지 않았다. 그 점만 보더라도(당연하지만) 신 발을 가지런히 벗어 두고 뛰어내린 여중생을 따라 죽을 생각이 없다는 건 명백하다.

　즉, 그 난폭한 행동은 탐정 활동의 일환이리라. 따라 죽는 게 아니라 따라가 보는 것이다. 실제로 여중생이 섰던 장소와 같은 곳에 서 봄으로써 무언가 알 수 있지 않을까 하는, 여느 때의 '뭐 든지 해 봐야 안다'라는 것이다.

　그렇더라도 보고 있자니 위태로운 건 틀림없다. 나는 안도하 면서도 쿄코 씨를 자극하지 않게끔 느린 보조로(한쪽 다리가 골 절되어 의식하지 않아도 자연스럽게 느려지기는 했지만) 그녀 쪽으로 다가갔다.

　"뭔가, 제가 없는 동안 새롭게 판명된 사실이 있나요?"

　막연히 그렇게 묻자 쿄코 씨는 뺨에 손을 대고서 "으~음." 하 며 생각에 잠긴 표정을 지었다. 귀여운 몸짓이지만 가급적이면 손은 계속 울타리를 쥐고 있었으면 한다.

　"지금으로서는 발견이라고 할 만한 건 없지만… 굳이 말하자 면 한 가지, 분명한 게 있어요. 그건 사카세자카 마사카짱이 진 짜로 죽을 생각이었다는 거예요."

"…무슨 의미죠?"

옥상에는 달리 아무도 없어서인지 쿄코 씨는 다시 여중생의 이름을 꺼냈다. '짱'이라는 호칭이 묘하게 생생하여 이 사건이 소설이나 드라마가 아닌 현실 속의 일임을 새삼 통감할 수 있었다.

사카세자카 마사카.

열두 살 소녀.

유서를 남기고 뛰어내린 아이.

'여중생'이라는 기호 같은 표현으로는 다 요약할 수 없는 인간성이 거기 있다.

"아니, 이곳에 서 보면 알 수 있는데, 7층짜리 빌딩은 굉장히 높거든요. 이곳에서 떨어지면 발부터 떨어진다고 해도 도저히 살아남을 수 없어요."

그런 건 그곳에 서 보지 않아도 알 수 있을 것 같은데….

"자살욕구를 보상적으로 해소하기 위한 자살극일 가능성은 거의 없을 거라는 말이에요. 이것은 꽤 중요한 정보일지도 몰라요."

"그렇군요…."

뭐가 중요하다는 건지 납득하지 못한 채로 일단 수긍하는 나. 괜히 따지고 들었다가 그것이 쿄코 씨가 발을 헛디디는 계기로 작용하면 큰일이다.

논의가 무르익으면 안 된다.

이렇게 되고 보니 정말 자살을 막으려고 하는 형사 같지만.

"그렇지만 쿄코 씨. 떨어지면 살 수 없을 거라고 하셨지만, 실제로는 그녀… 사카세자카짱은 살아났는데요?"

"네. 하지만 그건 우연히 야쿠스케 씨가 낙하지점을 걷고 있었기 때문이에요."

"처음부터 누군가를 쿠션 삼을 생각으로 뛰어내린 자살극이었을 가능성은 없나요? 살 것을 전제로 한 자살행위…."

"없을 거예요. 왜냐하면 아스팔트보다는 부드럽지만 인간은 트램펄린이 아니니까요. 비록 누군가가 쿠션이 되어 준다고 해도 살아나지 못할 확률이 더 크다고요. 실제로 사카세자카짱은 지금도 '살았다'고는 할 수 없는 위독한 상태잖아요?"

그랬다. 추리소설 독자의 버릇대로 무심결에 논리를 갖고 놀았는데, 나도 그녀도 목숨을 잃지 않은 건 정말로 그냥 기적에 불과하다.

내 신장이 조금 더 작았더라면 어떻게 되었을까 생각하면… 아니, 내가 이토록 거구가 아니었으면 고서점 '신소도'에서 일할 수 없었을지도 모르고, 그렇게 되면 귀갓길에 그런 재난을 당하는 일도 없었겠지만.

그렇게 되면 기적이라기보다는, 모든 것이 운명의 조화이기도 하리라.

운명의 조화이자 악순환의 조화이다.

"쿠션으로서 기능할 만한, 몸집이 큰 통행인을 향해 뛰어내렸을 가능성도 어느 정도 있지만, 여기는 수직으로 내려다보는 시점이거든요."

하면서 쿄코 씨는 그 좁은 발판에서 요령껏 휙 몸을 돌려 다시금 인도를 내려다보듯 했다.

"7층만큼의 높이도 있고 해서 통행인의 신장을 관측할 수는 없을 거예요. 게다가 야쿠스케 씨라면 신장은 크지만 근육질이 잖아요."

쿠션으로서는 베스트 초이스라고 할 수 없어요, 하면서 쿄코 씨는 손을 뒤로 돌려 울타리를 잡고 다시 상체를 빌딩 밖으로 내밀었다. 비로소 울타리를 잡아 준 것은 기쁘지만 짝 체조가 아니니까 그렇게 45도 각도를 만들지 말았으면 한다.

"저라면 더 풍채가 좋은 분을 쿠션으로 선택하겠죠. 그래도 살지 못하고 둘 다 죽어 버리겠지만."

"네···."

내가 던진 가설을 펼친 결과지만 아주 끔찍한 가능성을 생각하네···. 생각하는 일, 그것이 탐정으로서의 업무이기는 하나.

"물론, 열두 살의 사카세자카 마사카짱이라면 사고가 거기까지 미치지 않았다는 케이스도 있을 수 있겠지만. 다른 사람을 쿠션으로 삼으면 살 수 있을 거라고 믿고, 쿠션이 된 쪽이 어떻게 될지 상상도 하지 않은 채 가벼운 기분으로 뛰어내렸을지도 모르죠."

그렇다면 너무 어리석은, 필설로 다할 수 없을 만큼 어리석은 게 되겠지만, 그래도 그런 일이 절대로 없으리라고는 말할 수 없을 것이다.

그것이야말로 추리소설만 읽다 보면 쉽게 착각하고 마는 일인데, 실제實際 사건과 실재實在 인간은 그렇게 심오한 것도, 그렇게 계획적인 것도 아니기 때문이다.

내가 경험했던 무수한 사건도 대부분은 글자로 옮길 필요도 없는 '저질렀다' 같은 실수담뿐이다.

단, 쿄코 씨의 그 말투로 보건대 그런 케이스는 별로 고려하지는 않는 듯했다. 만약을 위해서 일단 언급해 두었다, 라는 뉘앙스가 강하다.

어째서일까?

자살극을 벌일 작정이었다는 가능성을 전혀 생각지도 못한 내가 말하기는 좀 그렇지만, 그것을 부정하는 요소라면 지금으로선 없는 것 같은데.

오히려 자살을 찬미하는 만화를 읽고 영향을 받은 아이가 '자살 놀이'를 하려다가 실패했다, 게다가 통행인(나)을 연루시키며 실패했다는 스토리에는 그 어리석음도 포함하여 그럭저럭 설득력이 있는 것도 같은데.

"아뇨, 이곳에서 보면 이해하기 쉬운데, 근처에 좀 더 높이가 낮은, 6층짜리나 5층짜리 빌딩이 있어요. 혹시라도 살 생각이었다면 그쪽에서 뛰어내렸을 거예요."

그런 뜻인가.

물론 모든 빌딩의 옥상이 개방되어 있는 건 아니겠지만 확실히 자살극이라면 보다 낮은 빌딩을 택하고 싶어지는 게 인지상정이리라. 자살극이 아니라는 생각의 또 다른 강력한 근거는 된다.

울타리를 넘어야 비로소 그 풍경이 보인다면 쿄코 씨의 현장검증에는 시행 가치가 있었던 셈이리라. 하지만 되도록 울타리를 넘는 건 내가 온 뒤에 했으면 좋겠다는 생각이 든다.

스피드가 최우선인 탐정에게는 '남을 기다린다'라는 발상이 전혀 없는지도 모르지만….

"그럼, 적당한 시간이니 슬슬 갈까요?"

경사진 자세를 바로 하고, 쿄코 씨는 다시 울타리를 넘어 이쪽편으로 돌아오려고 했다.

뭐, 그대로 계속 상체를 내밀고 있었으면 떨어지지는 않더라도 역시 통행인에게 발견되어 큰 소동이 벌어졌을지도 모르니돌아와 주는 건 다행스러운 일이다. 그러나 울타리를 타고 넘으려는 몸짓이 특히 불안정하여 보고 있자니 마음이 조마조마했다.

그렇지만 섣불리 도와주면 그것이 사고로 이어질지도 모르기에 보고 있을 수밖에 없었다.

역시 스커트 차림으로 할 만한 동작은 아니라고 생각한 순간,
아니나 다를까 쿄코 씨도 울타리에 걸치려던 다리를 멈추고,

"야쿠스케 씨. 잠깐 저쪽을 보고 있어 주시겠어요?"

라고 말했다. 걷어 올렸던 스커트 자락을 쭉 잡아당겨 원래대
로 되돌리면서.

"죄, 죄송해요."

"아뇨, 아뇨."

보고 있을 수밖에 없는, 것도 아니었다.

쿄코 씨가 웃어 주는 사이에 나는 황급히 그녀에게서 등을 돌
렸다. 그런데 하도 당황하여, 순간 늦게 돌아서고 말았다.

그래서. 보고 말았다.

속옷이, 아니라.

울타리에 반쯤 걸쳐져 있던 쿄코 씨의 오른쪽 허벅지 안쪽.
나로 말하면 지금 마침 깁스를 하고 있는 부분에, 매직펜으로
쓰여 있던 글자가 간발의 차로 시야에 들어오고 말았다.

그곳에는 쿄코 씨의 필적으로 이렇게 적혀 있었다.

'자살이 아니었다면?'

이라고.

　망각 탐정으로서 기록 및 흔적 남기기를 신경질적일 만큼 피하려 하는 쿄코 씨에게 유일하게 예외적인 비망록이 자신의 육체이다.

　그녀는 메모장으로 자신의 몸을 이용한다.

　그 메모장에 잊어선 안 되는 최소한의 것을 적음으로써 기억의 동일성을 유지한다. 그렇게 하지 않으면 그야말로 전철에서 깜박 졸거나 했을 때, 잠에서 깬 순간 앞뒤를 파악할 수 없는 상황에 빠질 것이다.

　따라서 오늘도 그녀는 몸 어딘가에(복부나 팔) 이런 식의 문구를 써 놓았을 것이다.

　'나는 오키테가미 쿄코. 탐정. 기억이 하루마다 리셋된다'.

　그 메모를 보고 그녀는 자신을 인식한다.

　망각 탐정을 잠에 빠뜨려 추리 내용을 잊어버리게 만들려는 범인 측의 '공격'에 대한 방어책이라고도 할 수 있다. 그래서 때로는 스스로의 프로필뿐만 아니라 사건에 관한, 언뜻 봐서는 알 수 없는 정도의 힌트도 써 두거나 한다.

　이번 경우에는 쿄코 씨를 잠에 빠뜨리려는 적대 세력이 존재하지 않겠지만, 나를 부축하느라 쌓인 피로로 전철 안에서 피곤함을 느꼈을 때, '조사 중 기억을 잃는 경우도 있을지 모른다'라고 위기감을 동시에 느낀 쿄코 씨가 만약을 위해서 이번 사건에 관한 지금 현재의 견식을 다리에 써 두기로 한 것이리라.

한창 나와 개별 행동을 취하던 중에… 매직펜은 아마 복합빌 딩의 계단을 오르던 도중에 만난 누군가에게 빌렸을까. 눈을 떼면 뭘 하고 있을지 알 수 없는 날렵함이라니, 역시 가장 빠른 탐정이다.

하고 왔다는 예습을 선잠에 빠져 잊으면 더 이상 수사할 수 없게 된다는, 내가 품었던 불안에 대한 대책을 본인은 진작에 세워 두었던 거다. 그것 자체는 든든하다고 생각하고, 또 역시 쿄코 씨라는 생각이 들기도 하지만 그 글귀가 나에게는 불가사의였다.

'자살이 아니었다면?'

하도 단적이라 의미불명이다.

물론 의미불명이지 않으면 안 된다. 망각 탐정으로서 '사건 기록부'는 물론이거니와, 수락한 의뢰의 구체적인 기록을 자신의 손으로 남기는 건 금기이므로.

암호까지는 아니더라도 비망록은 발상의 계기가 된 키워드 정도에 그치지 않으면 안 된다.

그러므로 쿄코 씨가 아닌 내가 보기에는 문장의 의미를 알 수 없는 게 당연한데. 그렇다 해도 '자살이 아니었다면?'이라니.

의미는 알 수 없어도 추측은 할 수 있다.

당연히 그건 투신한 여중생, 사카세자카짱에 대한 기술이리라. 자살이 아니었다면?

자살이 아니라면, 사고… 아니.

신발이 가지런히 놓여 있고 유서가 남아 있었다.

사고로 보는 건 무리가 있다.

이 경우, 자살극의 실패라는 경우도 넓은 의미에서는 사고가 아니라 자살에 포함된다고 봐야 할 것이다. 그럼 어떻게 되는 거지?

설마 쿄코 씨는, 이 사건을.

이 사건을 아이의 자살이 아닌 제삼자에 의한 살인으로 보는 걸까?

살인 사건. 그렇지만 소녀의 신발은 이 옥상에 가지런히 놓여 있고 유서도 그녀의 친필이었는데… 뒤돌아선 채 나는 혼란스러운 머리로 생각을 정리하려고 했다.

아냐, 신발을 가지런히 놓는 건 다른 사람이라도 할 수 있어. 그럼 친필 유서는? 내용은 아직 파악하지 못했지만 어쨌든 본인이 썼으니까… 잠깐, 본인에게 쓰도록 강요하는 건, 가능한가? 협박을 하든 교묘하게 속이든… 상대가 어린아이라면 그것도 불가능하지는 않을 것 같다는 생각이 들기 시작한다.

그렇다면 후모토 선생님의 만화에 영향을 받아 뛰어내렸다는 스토리 라인은 허구일 공산이 높아진다.

작위적이고, 너무 잘 짜인.

콘도 씨는 그렇게 말했다.

그게 그 사람이 느꼈다는 위화감의 정체인가?

"기다리게 해서 죄송해요."

내가 사고의 소용돌이에 빠져 있는 동안 무사히 울타리를 넘었는지 쿄코 씨가 내 뒤로 다가와 있었다. 다시 목발이 되어 줄 모양이다.

"자. 또 여기서부터 길 안내를 부탁드려요."

"아, 네."

물어볼 수 없다.

실은 '자살이 아니었다면?'의 의미를 물어보고 싶고, 만약에 살인 사건이라면 용의자로 추정되는 사람은 있는지 물어봐야 하지만 나로서는 그럴 수 없다. 그것을 물어보는 건 조금 전 당신의 스커트 속이 보였습니다, 라고 고백하는 거나 마찬가지니까.

대화를 하다 나도 모르게 들통나는 게 아니라 물어봐서 들통나는 격이다.

따라서 나로서는 쿄코 씨가 스스로 이야기할 때까지 그 메모의 의도를 확인할 수 없었다. …다만.

가장 빠른 탐정의 사고가 나보다 훨씬 더 앞에 가 있다는 건 확실했다. 이렇게 나란히 딱 붙어 있어도 둘 사이에는 한없이 먼 거리가 있다.

제4장

경청하는 카쿠시다테 야쿠스케

1

'아이들을 위해'라는 대의명분이 통하기 쉬운 이유는 대충 쿄코 씨가 말한 부분에 정답 중 하나가 있을 거라고는 생각한다. 생각해 보면 이론과 반론도 금세 그럴싸한 게 떠오를 것 같기도 하고, 그 마음은 실수를 경험한 어른이 순진무구한 동심을 질투하여 생기는 반동 심리이기도 할 테니 모두 부정할 수는 없더라도 모두 긍정할 수도 없겠지만.

표현의 자유라는, 있어 마땅한 권리가 얽히게 되면 보다 복잡해지므로, 가령 단순하게 '만화를 너무 많이 읽으면 성적이 떨어진다'라는, 부모가 곧잘 하는 스테레오 타입의 말을 분석해 보면 그것은 결코 올바르지 않다. 진실을 꼬집는 건 아니다.

물론 만화만 읽으면 성적은 떨어진다. 이것은 당연한 일이다. 하지만 그것은 만화가 나쁘기 때문이 아니다. 설령 만화를 못 읽게 하더라도 성적이 올라가지는 않을 것이다. 그보다 한발 더 나아가, 만화를 읽던 시간을 공부에 할애하지 않으면 성적은 평생 오르지 않을 것이다.

게임이든 스포츠든 그런 의미에서는 똑같다. 공부 이외의 행위는 기본적으로 모두 공부에 방해가 된다.

반대로 말해, 공부만 하면 놀이에 서툴러진다. 성적에만 사로잡혀 커뮤니케이션 능력을 기르는 데 실패하여 최종적으로 범죄로 치닫고 만 엘리트들의 이야기는 일일이 꼽을 수도 없다.

공부만 하면 공부에 능해지듯이 아마 만화만 읽으면 '만화에 능해'질 것이다. 그리하여 그들은 어느덧 만화가가 되는 거라고 생각한다.

2

문제의 만화 『치체로네』의 작가 후모토 슌 선생님은, 이렇게 말하면 좀 그렇지만 내가 품었던 이미지와는 꽤 다른 사람이었다.

이번 건으로 쇼크를 받아 은퇴까지 생각 중이라기에 선이 가늘다고 할까, 섬세하다고 할까, 어쩌면 신경질적인 타입의 분이 아닐까 제멋대로 상상했는데, 사쿠소샤의 회의실에서 대면한 그는 나보다 훨씬 건실한 느낌의, 다부진 체격을 가진 남성이었다.

섬세하기는커녕 호쾌하다는 것이 첫인상이다.

사토이 선생님을 떠올리면 만화가는 자유업이라 복장에 그리 구애받지 않는 법이라는 선입관이 드는데, 나나 쿄코 씨라는 초면인 사람을 만나기 때문인지 후모토 선생님은 스마트 캐주얼한 패션이었다. 풍성한 수염도 길렀다기보다는 댄디하게 다듬었다는 느낌이다.

"처음 뵙겠습니다. 만화가 후모토 슌입니다."

라고 인사했는데, 그 목소리도 꽤 굵직한 데다 겉으로는 상당히 고집 센 사람으로 보여서 나 따위는 압도되고 말았다. 뭐, 사람을 겉모습으로 판단해도 좋다면 신장이 190센티미터를 넘는 내 쪽이 훨씬 위압적이겠지만.

"처음 뵙겠습니다. 망각 탐정 오키테가미 쿄코입니다."

쿄코 씨는 나와 달리 조금도 겁내지 않고 생글생글 명함을 내밀며 백발의 머리를 깊숙이 숙였다. 그리고 후모토 선생님 옆에 선 콘도 씨에게도 역시,

"처음 뵙겠습니다. 망각 탐정 오키테가미 쿄코입니다."

라고 똑같은 자기소개를 했다.

"이번 사건에 불러 주셔서 감사합니다. 전력을 다할 예정이니 부디 잘 부탁드립니다."

초면의 인사로서는 만점이지만, 후모토 선생님과는 그렇다 쳐도 쿄코 씨가 콘도 씨와 만나는 건 이번이 네 번째다. 물론 그 부분에는 익숙한 터라 콘도 씨는,

"처음 뵙겠습니다. 편집장 콘도 후미후사文房입니다. 저야말로 잘 부탁드립니다."

라고, 실수 없는 인사로 받아쳤다. 그리고 회의실 중앙의 긴 책상을 둘러싸듯이 전원 착석했다.

길 안내자로 불렸으며 또 중개자이기도 하지만, 생각해 보면

쿄코 씨와 콘도 씨가 만난 순간 내 역할은 양쪽 다 끝났으니 사실 내가 이 면담 자리에 동석할 필요는 없었는데. 동석은커녕 지금은 외부인으로서 눈치를 발휘하여 나가는 게 정당한지도 모르지만 나도 참(나답게도, 라고 해야 하나), 그만 타이밍을 놓치고 말았다.

대외비가 아니라고 해도 상당히 복잡한 이야기가 될 테니, 후모토 선생님으로서는 누군지 알 수 없는 거인이 분위기를 파악하여 자리를 떠 주길 바라지 않았을까… 싶어 어쩐지 죄송한 기분도 들었지만. 뭐, 두 곳에 이르는 내 골절상은 이번 사건에 얽힌 것이니까 나도 완전히 외부인은 아닌가.

보기에 따라서는 나 또한 간접적으로는 후모토 선생님의 만화로 피해를 입은 셈이 될지도 모르고, 그렇다면 만에 하나라도 이야기가 그런 껄끄러운 방향으로 굴러가지 않도록 신경을 쓰지 않으면 안 될 텐데.

콘도 씨로서는 후모토 선생님의 은퇴 선언을 철회하게 만들고 싶을 테니, 적어도 내가 이 자리에 있는 것이 불필요한 압박이 되지 않게 하고자 한다. 의외로 콘도 씨의 생각은 나와 반대라서 압박을 가하기 위해 내 동석을 허락한 것인지도 모르지만.

그 정도 정치력은 있는 사람이다.

그렇지 않으면 그 젊은 나이에 편집장의 자리까지는 오를 수 없었으리라.

단순히, 내가 쿄코 씨에게 부축받듯이 회사에 찾아온 것을 재미있어하는 것뿐일 가능성도 있지만… 그런 식으로 내가 이래저래 생각하는 사이, 콘도 씨의 부하이자 후모토 선생님의 직속 담당인 토리무라取村 씨가 차를 가지고 나타났다. 각자의 앞에 찻잔이 나란히 놓이고 그녀도 착석했을 때 쿄코 씨가,

"그럼, 의뢰하신 건 말인데요, 우선은 콘도 씨가 품으셨다는 위화감의 정체에 대해서 이야기할까 해요."

라고 느닷없이 본론에 들어갔다.

가장 빠른 탐정이다.

그렇지만 오전부터 그 건으로 엄청나게 애를 태워 온 나로서는 드디어 듣게 된다는 느낌으로, 만반의 준비를 하고 있기도 했으므로, 느닷없이 시작된 명탐정의 해결 편에 '자, 경청해 볼까' 하는 식으로 자세를 취했는데,

"잠깐 기다려 주세요."

라고 후모토 선생님이 그 말을 방해했다. 명탐정의 연설을 방해하다니, 추리소설에서라면 있어선 안 되는 난폭한 행동이지만, 최고 당사자인 그로서는 자신이 배제된 채 그처럼 착착 이야기가 진행되어서는 참을 수 없을 것이다.

청중의 한 사람으로는 있을 수 없다.

"콘도 씨가 뭐라고 했는지는 몰라도… 저는 이제 됐다고 생각합니다."

"······? '이제 됐다'라니요?"

라고, 수수께끼 풀이가 방해를 받았음에도 마음 상한 기색도 없이 쿄코 씨가 그렇게 되물었다. 능청을 떠는 것 같기도 했다.

쿄코 씨는 쿄코 씨대로 일부러, 라고 할까 약삭빠르게, 길어질지도 모르는 후모토 선생님과의 대화를 건너뛰려고 했는지도 모른다.

"그러니까··· 자포자기로 들릴지도 모르지만, 어차피 이제 은퇴할 거라 탐정님이 일하실 필요는 없다고 말하고 싶은 겁니다."

"후모토 선생님··· 그 이야기는 아직."

콘도 씨가 달래듯이 뭔가 말하고 싶은 눈치였지만, 후모토 선생님은 그 말도 가로막듯이 "콘도 씨에게는, 그리고 토리무라 씨에게도 죄송하다고는 생각합니다. 민폐를 끼쳤다고도."라고 빠른 어조로 말했다.

"그렇지만 전 책임을 지지 않으면 안 된다고 생각합니다. 제가 그린 만화를 읽은 독자가 자살했다고요. 도저히 태연할 수는 없습니다. 태평하게, 앞으로도 만화를 계속 그린다는 건 도저히 불가능합니다."

"······."

일시적인 감정으로 말하는 건 아닌 듯했다. 오히려 강한 결의가 느껴진다. 그것은 나 같은 인간에게는 가장 부족한 것이므로, 원래 발언권이 없지만 아무런 말도 할 수 없었다.

그런데 어째서일까.

책임을 지지 않으면 안 된다고 하면서도 그 태도는 어딘지 무책임해 보였고, 만화를 계속 그리는 건 불가능하다는 말투에서는, 그것이 쓰라린 결단임에는 틀림없지만 그렇게 말함으로써 차라리 편해졌다는 분위기도 느껴졌다.

"오늘은 신세를 진 편집부의 체면을 세워 주는 의미에서 여기 왔지만… 부디 이해해 주십시오. 전 이제, 만화는…."

"후모토 선생님."

하고, 이번에는 쿄코 씨가 후모토 선생님의 말을 가로막았다. 이렇게 되면 완전히 주도권 쟁탈전이다.

의아한 듯 쿄코 씨를 바라본 후모토 선생님에게 그녀는 "연재 중인 『베리 웰』, 최신화까지 읽어 보았어요. 최고더군요."라고 말끔한 미소로 말했다.

"작품 전체를 관통하는 테마가 훌륭하다고 생각해요. 소년만화라는 매체에서 장래에 대한 체념을 그리고 계시는 건 도전일 테고, 그 도전은 성공한 것 같았어요. 내용은 물론이고 바로 그런 작가의 자세에 감동을 받았죠. 아이를 대상으로 하고 있지만 어른도 즐길 수 있는 판타지더라고요."

"그, 그거 참… 감사합니다."

기습적으로 작품 비평을 받은 데다 그것이 무조건적인 격찬이라고도 할 수 있는 평가였기에 당황하면서도 멋쩍은 듯 고개를 숙인 후모토 선생님.

예습한 보람이 있었다….

쿄코 씨의 감상을 어디까지 곧이곧대로 들어도 될지는 불확실하다. 사토이 선생님 때도 그랬지만, 고객을 상대로 일하는 탐정으로서 쿄코 씨에게도 빈말을 할 정도의 요령은 있다.

기억이 쌓이지 않는 것치고는 의외로 닳아빠졌다고나 할까…. 하지만 뭐, 노골적인 거짓말을 할 이유는 없을 테니 호의적인 감상을 가진 건 사실이리라.

결국 검증을 위해 현장에 들른 영향으로 사쿠소샤에는 약속 시간이 다 되어 도착했기에 나는 후모토 선생님의 작품에 일절 접할 기회를 얻지 못한 채 동석했지만, 재능이 있는, 앞으로 대박이 기대되는 만화가라는 후모토 선생님에 대한 콘도 씨의 평가는 결코 과장이 아닌 모양이다.

그렇기 때문에야말로 콘도 씨는 모든 수단을 동원하여(탐정까지 고용해서) 그의 은퇴 선언을 철회하려는 것이리라.

"그 만화의 다음 화를 읽을 수 없다니, 매우 유감이에요. 분명 아이들은 실망하겠죠. 쇼크를 받은 독자 중에서는 틀림없이 자살자가 나올 거예요."

쿄코 씨가 추어올릴 때의 온화한 말투 그대로 담담하게 터무니없는 소리를 했다. '아이들은' 부분에 담긴 짙은 악의에 나는 흠칫했다.

가장 흠칫한 사람은 후모토 선생님이겠지만.

"그 경우에는 어떻게 책임지실 생각이죠?"

"그, 그건…."

소박함을 가장하여 던진 짓궂기 짝이 없는 그 물음에 후모토 씨는 도움을 구하듯이 콘도 씨 쪽을 보았다.

'뭐야, 이 사람은'이라고 말하고 싶을 것이다.

그 질문에 답하자면, 망각 탐정이다. 내일이면 잊을 수 있다는 이유로 누구와도 부딪칠 수 있는 사람이다.

"뭐, 틀림없이는 아닐 겁니다."

쓴웃음을 지으며 콘도 씨는 말했다.

쿄코 씨에게 의뢰하는 게 처음이 아닌 콘도 씨로서는, 이 정도 충돌은 예상 범위 내인지도 모른다. 오히려 이 기탄없는 분위기야말로 바라던 바인지도 모르고.

그렇다면 내가 생각했던 것보다 더 아량이 넓은 사람이다.

"그렇지만 후모토 선생님의 은퇴를 독자가 순순히 받아들이지 않으리라는 건 확실해요. 선생님이 자신의 영향력이라는 것을 생각해 주셨으면 하는데요."

"…바로 영향력을 생각했기 때문에 내린 결정입니다."

후모토 선생님은 거듭 말했다.

"부끄럽지만 여태껏 저는 그런 걸 생각하지도 않고 만화를 그려 왔습니다. 더 빨리 생각해야 했어요. 생각하지 않으면 안 되었어요. 저 자신이 만화를 좋아해서 만화만 읽어 오다 만화가가 되었으면서, 만화가 독자에게 끼치는 영향의 크기에 대해서는 전혀 자각이 없었습니다. 이것은 맹렬히 반성해야 할 일입니다."

진지한 투로 그렇게 말하니 그렇지 않다고 하기는 힘들었다. 실제로 외면해선 안 되는 창작 행위의 일면이기는 하다.

"야구를 하다 보면 데드볼을 머리에 맞을 위험성이라는 게 있죠."

라고 옆에서 끼어든 쿄코 씨.

이번에는 후모토 선생님의 '맹렬한 반성'을 무시하는 형태이다.

"건전한 육체에 건전한 영혼이 깃든다면서 유도를 배우면 시합 중 사고로 목숨을 잃을 위험성이 있어요. 밤늦게까지 학원을 다니면 밤길에 차에 치일 리스크는 커지겠죠. 아이들이 사망할 리스크는 여기저기 점재해 있다고요. 비단 만화에만 국한된 이야기가 아니에요."

"…그래서, 무시하고 포기하란 말인가요? 자신의 만화를 읽은 열두 살 어린아이가 영향을 받아 빌딩에서 뛰어내려도 모르는 척 태연하게 행동하라는 말씀입니까?"

역시나 화를 억누를 수 없었던지 후모토 선생님은 상체를 책상 쪽으로 기울이듯 윽박지르다시피 그렇게 쿄코 씨를 다그쳤다. 그런 압력이 가해지면 나는 겁에 질리겠지만 당연히 쿄코

씨에게는 마이동풍으로,

"저는 창작자가 아니라서 그 문제에 대한 올바른 해답은 갖고 있지 않지만, 만약에 제가 후모토 선생님의 입장이라면 모르는 척은 하지 않을 거예요."

라고 조용히 응했다.

"제대로 알고, 그 체험을 다음 작품에서 살리겠죠."

"……."

후모토 선생님은 기가 막혔는지 기울였던 상체를 바로 했다. 콘도 씨도 역시 이 발언은 예상 밖이었던 듯 어안이 벙벙해져 있다. 외부인으로서는 지나친 말이고, 아무리 나라도 찬성하기 힘든 난폭한 주장이다. 애초에 쿄코 씨 자신이 어디까지 진심으로 그런 말을 하고 있는지 알 수 없었다.

구태여 극단적인 의견을 제시함으로써 무리하게 논의를 끝내 버린 느낌도 있다. 하지만 적어도 이것으로 망각 탐정은 자리를 휘어잡는 데 성공했다.

"그러니까 후모토 선생님. 이제 됐다, 라는 말씀 마시고 부디 제 말을 들어 주셨으면 해요. 듣고, 제대로 알아 주세요. 그러면 다시, 콘도 씨."

주도권을 쥔 쿄코 씨는 그렇게 말하고 콘도 씨를 보았다.

"여중생이 남겼다는 유서의 구체적인 내용을 가르쳐 주실 수 있나요?"

3

이것은 자살을 위한 자살이다.

사랑하는 죽음을 위한 죽음이다.

뛰어내림으로써 인간은 천사가 된다.

부디 슬퍼하지 말고

저의 완성을 축하해 주세요.

이 죽음을 나의 치체로네

후모토 슌 선생님께 바칩니다

4

콘도 씨가 경찰 관계자를 통해 봤다는 여중생의 유서는 복사본으로, 그것을 다시 복제하는 것도 사진으로 찍는 것도 허용되지 않았다.

따라서 이 글은 콘도 씨의 기억에 의한 것이며, 친필이었다는 그 유서의 필적까지 재현된 것은 아니다. 그렇지만 망각 탐정이 아닌 민완 편집자 콘도 씨의 기억력은 대충 신뢰할 수 있다.

더불어, 유서의 필적은 공정하게 판단했을 때 악필이었고, 마지막에 곁들여져 있었다는 캐릭터 일러스트는 상당히 어설펐다고 한다.

뭐, 여자라서 글씨가 예쁘다는 건 편견이리라. 어린아이의 글씨가 악필인 건 일반적인 일이라고도 할 수 있다.

그보다 문제인 것은 확실히 '치체로네'라든지 '후모토 슌 선생님'이라는 기술이 있다는 점이었다. 해석하기에 따라서는 다른 식으로도 받아들일 수 있지 않을까, 와 같은 희망은 가질 수 있을 것 같지도 않다.

"글도 거의가 단편에서 인용한 것이네요. 첫머리 다섯 줄의 시는 완전히 그대로예요."

라고 쿄코 씨는 무언가 속뜻을 담아, 수긍하듯 말했다.

"솔직히 이것으로는 그 여중생이 어떤 성품이었는지를 전혀 파악할 수 없겠어요. 개성이 느껴지지 않아요."

콘도 씨야 어쨌든 간에 후모토 선생님 앞에서 노골적으로 투신한 여중생의 이름을 꺼내면 안 된다고 생각했는지 쿄코 씨는 이름을 감춘 채 그런 감상을 말했다. 이름을 감춤으로써 더 소녀의 개성이 사라진 것처럼도 느껴진다.

"그런 건 아무래도 좋지 않습니까. 중요한 것은 한 여자아이가 저의 만화를 흉내 내어 천사가 되려고 했다는 점이라고요."

후모토 선생님은 자학적으로 말했다.

쿄코 씨에게 받은 쇼크로부터 아직 헤어나지 못한 듯 그 목소리에는 힘이 없지만, 그래도 주장은 변하지 않은 듯하다.

"천사요?"

"네. …방금 탐정님이 하신 말씀은, 훌륭합니다. 크리에이터 란 확실히 그래야 하는지도 모릅니다. 하지만 전 그렇지 않아 요. 그림을 잘 그리고 만화를 좋아해서 만화가가 되었을 뿐이 죠. 그런 강한 인격을 기대하시면 곤란하고, 높은 의지를 바라 셔도 제 안에는 그런 게 전혀 없습니다."

저는 깊은 생각도 없이 좋아하는 일을 하고 있었을 뿐이란 말 입니다, 라고 쿄코 씨의 의미심장한 수긍에는 반응하지 않고 후 모토 선생님은 말을 이었다.

그는 쿄코 씨에게만이 아니라 콘도 씨와 토리무라 씨에게도 말하고 있는 듯했다.

"당대 정권이 만화 표현을 눈엣가시로 여겨 규제를 가하려고 할 때마다 이름 있는 선생님들이 표현의 자유를 지키기 위해 목 소리를 높이지 않습니까. 규제되면 표현이 위축되어 만화 문화 가 쇠퇴한다고요. 하지만 저는 모든 만화가가 그 사람들만큼 훌 륭한 의지를 갖고 있다고는 생각하지 않아요. 적어도 저는 재미 있다고 생각해서 만화를 그리는 것이지 남에게 민폐를 끼치거 나, 남을 화나게 하거나, 미움을 받으면서도 계속 표현하려는 끈기는 없단 말입니다. 문화라니, 그런 거창한 걸 하고 있다고 는 생각 안 해요. 재미있어서 하는 일이라면 재미없어졌을 경우

관두어야죠. …규제가 그렇게 나쁘다는 생각도, 솔직히 안 들고요. 표현이 더 자유로웠을 시절인 옛날 만화가 지금 만화보다 꼭 재미있는 것도 아니겠지요. 규제가 없었던 시절은 좋았다니, 그런 건 할아버지들이 하는 옛 시절에는 좋았다는 말과 조금도 다를 게 없지 않습니까?"

만화가 본인이 그렇게 말하니 아무 말도 할 수 없었다. 개인적으로는 지금의 후모토 선생님이야말로 '위축되어' 있는 상태가 아닐까 싶지만, 나 자신의 그런 반론이 지독히 얄팍하게 느껴졌기 때문이다.

규제 = 악은 아니다.

그야 당연하다.

예를 들어, 요 일주일간 매스컴으로부터 범인 취급을 받은 나지만 만약 그것이 옛날 옛적 규제가 느슨했던 시절의 와이드 쇼였다면 내가 입었을 피해는 이 정도에서 끝나지 않았을 것이다. 거짓말 안 보태고 자살로 내몰렸을지도 모른다.

의심스러운 자를 벌하고 피해자 유족을 구경거리 삼았던 시절의 뉴스가 볼거리로서는 더 재미났을지도 모르지만, 그것이 보도 본연의 바른 모습이라고는 생각할 수 없다.

뭐, 이것은 내가 누명 체질이기 때문에 피해망상도 담아 그렇게 느끼는 것이고, 보도의 자유와 표현의 자유는 엄밀하게 따지면 같은 논리로 말할 수 없는 거겠지만….

다만, 크리에이터와 저널리스트의 '의지'에는 이야기해야 할 공통점도 많으리라.

"엄격하게 규제됨으로써 새로운 표현이 생겨난다는 것 또한 진리이기는 하겠지요. 법과 자유의 다툼은 다람쥐 쳇바퀴 같기도 할 겁니다. 표현의 자유라는 권리를 이권과 혼동하는 실수를 범하는 것도 좀 그렇고요…. 단, 옛날 만화보다 지금 만화가 더 재미있게 느껴지는 데에는 후발 주자의 유리함이라는 게 있으리라고 추측할 수 있지만."

그러나 쿄코 씨는 가볍게 어깨를 으쓱했다. 감정이입 따위는 하지 않는 것일까, 이 사람은.

"안심하세요. 수용자는 크리에이터에게 성품 같은 걸 바라지 않아요. 당신이 어떤 인간이든 간에, 어떤 동기로 이야기를 엮고 있든 간에 작품이 재미있으면 그걸로 충분해요. 성품으로 비난받는 건 작품으로 비난받는 것보단 훨씬 나아요."

"……."

"뭐, 후모토 선생님이 은퇴하실지 말지는 나중에 그쪽에서 논의하시는 것으로 하고. 이제 슬슬 제 일을 해도 될까요?"

후모토 씨는 마지못해 수락했다. 뭐, 그야말로 지금은 쿄코 씨가 어떤 인간이든 탐정이기만 하면 그걸로 충분한 상황이다.

만약에 그 어찌할 수 없는 유서 내용을 다른 의미로 받아들일 수 있다면 후모토 선생님이 은퇴할 이유도 사라지는 셈이니까.

"콘도 씨. 그 유서 내용에 위화감이 있어서 본 사무소에 의뢰를 하셨다던데. 그 위화감의 정체를 말씀드려도 될까요?"

이번에는 제대로 허락을 받으려 하는 쿄코 씨. 물론 콘도 씨는 "부탁합니다."라고 승낙했다.

중요한 회의이기는 하나, 쿄코 씨로서도 콘도 씨로서도 너무 많은 시간을 들일 수는 없다. 두 사람에게 이야기를 들은 다음 쿄코 씨는 다시 조사해야 할지도 모르니까.

타임 리밋은 오후 10시.

남은 건 약 아홉 시간이다.

"결론부터 말하자면 유서를 남기고 뛰어내린 그 여중생이…."

말하다 말고 쿄코 씨는 "길어서 말하기가 힘드니까 이후로는 약간 생략할게요." 하더니 잠시 생각에 잠겼다.

나를 '카쿠시다테 씨'에서 '야쿠스케 씨'로 바꾸어 말했듯이 말하기 쉽게, 짧게 바꾸어 말할 생각인가 보다. 하긴, 이름을 감추었지만 일일이 '유서를 남기고 뛰어내린 그 여중생'이어서야, 타임 리밋도 있는데 너무 시간을 잡아먹는다.

"유遺 소녀… 아니, 유언遺言 소녀."

라고.

쿄코 씨는 사카세자카 마사카의 대명사를 지었다. 상당히 말하기 쉽다.

이 얼마나 입에 착 달라붙는가.

다만, 이름이 붙여짐으로써 묘한 개성이 생겨난 것도 확실했다. 이름은 어디까지나 이름에 지나지 않으니 거기에 이상한 정을 붙이지 않도록 조심해야겠군.

내가 그런 생각을 하고 있자니,

"유언 소녀가 뛰어내린 동기는 후모토 선생님의 단편 작품 『치체로네』와 무관해요."

쿄코 씨는 그렇게 단정 지었다.

사실을 있는 그대로 이야기했다는 듯한 말투로, 모든 가능성에 대해 망라적인 추리를 펼치는 쿄코 씨치고는 드물게 '라고 생각해요'라든지 '라고 생각할 수 있어요' 같은, 다른 고찰의 여지를 남기는 단서는 붙이지 않았다. 그야말로 단정이다.

"무… 무책임한 소리는 관두시죠, 오키테가미 씨. 위로할 생각인지도 모르지만…."

그 단정적인 말에 후모토 선생님은 오히려 애가 탄 듯 일어나서 그렇게 소리쳤다. 입에 발린 위안의 말 따위는 듣고 싶지 않다고 말하는 듯한, 분노마저 느껴지는 완고한 태도였다.

확실히 유언 소녀의 유서 내용을 들은 다음에 전개하기에는 너무나도 생뚱맞기 짝이 없는 추리이다.

"근거는 있나요?"

라고, 콘도 씨가 후모토 선생님에게 앉으라고 채근하면서 쿄코 씨에게 물었다. 쿄코 씨가 내린 결론은 본인의 생각과 일치

하는 만족스러운 내용이었을 텐데도, 그에 안이하게 달려들거나 하지 않는다는 점에서 그는 신중하다.

"설령 근거가 없다 하더라도 저라면 유서 내용을 있는 그대로 믿지는 않을 거예요. 어디서 배워서 쓴 듯한 내용의 유서를 보았다면 우선 두 가지 경우로 나눴겠지요. ①유서의 내용은 진실이다. ②유서의 내용은 착오이다."

뒤늦게나마 모든 가능성을 확인하는 전개. 쿄코 씨의 유형 분류가 시작되었다.

①유서의 내용은 진실이다, ②유서의 내용은 착오이다?

착오?

"…오키테가미 씨, ①은 확실히 알겠는데 ②의 착오라는 건 무슨 뜻이죠?"

"그러니까 유서 안에 '후모토 슌 선생님께 바칩니다'라고 쓰여 있다고 해서 정말로 바쳤다는 보장은 없다는 뜻이에요."

"네…? 무, 무슨 의미인가요?"

의미라면 이 경우 명백했지만, 아무래도 콘도 씨에게는 전혀 없는 관점이었던 모양이다. 그 점에서 그는 순수하다.

유년기부터 여러모로 하도 의심받아서 완전히 비뚤어진 성격으로 자란 나로서는 쿄코 씨가 하는 말을, 이번만큼은 비교적 쉽게 알아들을 수 있었다.

"그런 유서는 거의 작품 속 문장을 그대로 베꼈을 뿐이니까 굳이 생각하지 않더라도 쓸 수 있을 거 아니에요."

"쓰, 쓸 수 있긴, 하죠."

그렇다, 이 경우 글재주와 사상은 불필요하다.

베껴 쓰는 정도는 누구라도 할 수 있다. 자살할 생각이 전혀 없는 나일지라도 쓰는 것뿐이라면 할 수 있으리라. 후모토 선생님과 초면이라도, 작품을 한 컷도 읽지 않았어도 '후모토 슌 선생님께 바칩니다'라고 쓰는 것뿐이라면 당연히 쓸 수 있다.

"즉, 유서의 내용은 그녀… 유언 소녀의 거짓말이라는 건가요?"

"그에는 더 세분화된 유형 분류가 필요해요. 즉, '②유서의 내용은 착오이다'에는 또다시 두 가지 패턴이 있어요. A·유언 소녀는 그렇게 믿고 있다. B·유언 소녀는 거짓말을 하고 있다."

"믿고 있다…? 라는 건?"

"사실은 다른 이유로 자살에 이르렀는데 본인은 그렇게 믿고 있다는 케이스예요."

"그건 ①과 큰 차이가 없는 것 같은데요…."

"아뇨, 완전히 달라요. 피해자가 범인이라고 믿는 사람이 꼭 범인이라고는 할 수 없잖아요? 살해당한 사람이 남긴 다잉 메시지가 늘 진실을 가리킨다고는 할 수 없죠."

추리소설에 비유해도 후모토 선생님으로서는 좀처럼 감이 오지 않는 듯 고개를 갸웃했다.

그 모습을 보고 설명이 부족하다고 생각했는지,

"그게, 괴롭힌 쪽에서 그럴 마음이 없었다 해도 괴롭힘을 당한 쪽이 괴롭힘을 당했다고 생각하면 그것은 괴롭힘이라고 하잖아요. 이것은 올바른 시각이지만, 성격 나쁜 소리를 하자면 그러한 시각에는 동시에 일정한 위태로움도 내포되어 있죠. 피해자의 신고를 무조건적이고도 무제한적으로 받아들이는 제도는 자칫하면 무고한 죄의 온상이 될 수도 있어요."

라고 쿄코 씨는 덧붙였다.

누명 체질로서는 남 일 같지 않은 이야기였다.

이번 케이스로 말하자면, 지금도 병원에서 생사의 경계를 헤매고 있는 열두 살 소녀의 유서 내용을 조금이라도 의심한다는 건 당치 않다고, 나마저도 얼마간 그렇게 생각하는 면이 있었는데(가뜩이나 상처 입은 소녀를 그런 식으로 의심하여 더욱 상처 입히겠단 말인가), 생각해 보면 그녀가 다 죽어 가는 것과 유서 내용의 진의는 전혀 무관하다.

착각을 했을 수도 있고, 거짓말을 했을 수도 있다.

"그러니까 우선은 그녀가 남긴 유서의 내용에 관해 철저하게 심의해야 돼요. 진의에 관한 심의를."

"…A의 케이스는 뭐, 알았어요."

라고 후모토 선생님이 확인하듯 말했다.

그 모습은 생각지도 못했던 가공할 만한 진상에 다다르는 데

겁을 먹은 것도 같았다.

"본인은 내 만화를 흉내 낸다고 생각했겠지만 그 여자아이의 무의식 속에는 다른 이유, 진짜 이유가 있었을지도 모른다… 라는 의미죠?"

"음…."

쿄코 씨는 애매하게 미소 지었다.

아마 좀 다르리라. 그러나 오차 범위라면 흘려듣기로 작정한 듯, 매끄러운 진행을 위해서인지 굳이 여기서는 아무 말도 하지 않았다.

후모토 선생님은 그 점을 알아차리지 못하고 "어쩐지 그것이야말로 괴롭힘 문제를 두고 '자살의 원인이 괴롭힘인지 아닌지는 단정할 수 없다'라고 해명하는 학교 측 의견 같아 석연치는 않습니다만…."이라고 말머리를 둔 뒤,

"그런데 B의 케이스는 뭡니까? 저는 그쪽을 잘 모르겠군요."

라고 물었다.

"유언 소녀는 거짓말을 하고 있다니… 유서에서 거짓말을 할 이유가 있습니까?"

좋아하는 것을 하고 싶다는 마음만으로 만화가가 되었다, 재미있으니까 만화를 그리는 것이며 재미없어지면 관두어야 한다, 라고 말할 수 있는 만큼 후모토 선생님도 후모토 선생님인지라, 어떤 의미에서는 순수한 것 같았다.

생각은 거기까지 미치지 않더라도 일단 제시되고 나면 나 같은 사람에게는 그 역시 단순한 유형 분류인데.

"네. 물론, 이유가 있어요. 그 이유 또한 두 가지로 분류할 수 있죠."

"또, 또 두 가지입니까?"

"사실은 스무 가지 정도로 나눌 수 있는 것을 단순화하여 두 가지라고 말한 거예요."

라고 쿄코 씨는 진심인지 농담인지 모를 말을 하고서,

"α·유언 소녀는 후모토 선생님에게 악의가 있다. β·유언 소녀는 후모토 선생님에게 악의가 없다."

라고 말을 이었다. 이번에는 α와 β인가.

"악의… 저, 저에게요?"

"왜냐하면 자살자의 유서에 그런 식으로 이름이 쓰여 있으면 후모토 선생님은 곤란하시잖아요? 실제로 은퇴하겠다고 말씀하고 계시죠. 참고로 말씀드리자면, 생략한 유형 분류에는 사쿠소샤에 대한 악의라는 케이스도 있었어요."

그 부분은 하나로 뭉뚱그렸어요, 라는 쿄코 씨의 말에 콘도 씨는 조용히 입가를 눌렀다. 쿄코 씨가 한 말의 타당성을 검토하고 있으리라.

"모함이라는 겁니까? 아니, 하지만 그 아이는 투신했는데요? 목숨을 걸고 저를 모함하려 했다니요?"

"죽으면서까지 모함하고 싶었던 건지, 아니면 죽는 김에 모함하려 했던 건지는 또 다른 유형 분류가 필요하겠죠⋯."

실제로 쿄코 씨가 현장인 빌딩 옥상에 서서 자살극의 가능성을 고찰한 이유를 이로써 알 수 있었다. '자살 놀이'에 대해 검증했을 뿐 아니라, 그 참에 모함을 위해 벌이는 '자살 시늉'에 대해서도 검증했던 것이다.

그러나 그 유형은 검증 결과 부정된 셈이다⋯. 모든 가능성을 고려하는 쿄코 씨의 추리에 익숙할 터인 나도 슬슬 혼란스러워지려고 했는데, 한술 더 떠서 쿄코 씨는,

"악의가 있는 경우인 α에서는 두 가지 패턴을 생각할 수 있어요."

라고 또다시 세분화 조항을 보탰다.

"갑·유언 소녀는 후모토 선생님에게 원한이 있다. 을·유언 소녀는 후모토 선생님에게 원한이 없다."

이제는 갑을까지⋯.

어쩐지 그쪽의 패턴이 먼저 떨어지는 게 아닐까 싶어 불안해지기 시작했다.

"원한⋯? 후모토 선생님한테요?"

콘도 씨가 의아한 얼굴을 하자,

"네. 그릇된 앙심도 포함이지만요."

이라고 말한 쿄코 씨.

"즉, 유언 소녀는 후모토 선생님에게 '무언가'를 당했다고 여겨서 앙갚음할 생각으로, 보란듯이 그런 유서를 남겼다는 케이스예요."

"허어… 그럼 그 '무언가'…라는 건?"

"그다음은 무한한 패턴으로 나뉘게 돼요. 무한한 건 저로서도 파악할 수가 없어요. 확인해 주시면 좋겠는데요, 후모토 선생님, 유언 소녀와 전부터 아는 사이는 아니시죠?"

"아, 아닙니다."

갑작스런 물음에 후모토 선생님은 황급히 부정했다.

황급히 부정한 탓에 다소 수상쩍음이 남는 부정이 되었지만, 그런 가능성을 의심받으면 속으로 켕기는 데가 있든 없든 누구라도 허둥댈 것이다.

"그래요? 그럼 패턴 을에 대해서만 설명하면 충분하겠네요. 을·유언 소녀는 후모토 선생님에게 원한은 없다. 요컨대, 후모토 선생님이 유명인이라서 악의의 표적이 되었다는 케이스예요."

유명인이라서 악의의 표적이 되었다.

…어쩐지 유형 분류에 끌려다니는 사이 '후모토 슌 선생님께 바칩니다'라는 유서의 글귀와는 정반대의 극치인 듯한 지점에까지 다다르고 만 듯한 인상이다.

열두 살의 아이가 후모토 선생님의 만화에 영향을 받아 자살

하려고 한 게 아니라는 결론은 본래 바람직한 것이었을 텐데도,
바람직은커녕 보다 암담한 방향으로 이야기가 흘러가고 있는 느
낌이다.

"유명인이라니… 저 같은 건, 완전히 마이너한 만화가인데요…?"

그렇게 겸손 어린 말을 하면서도 열두 살 소녀에게 개인적으
로 원한을 샀다는 말보다는 그쪽 가능성이 더 받아들이기 쉬운
듯 후모토 선생님은 강력하게 부정하지는 않았다.

나름대로 만화가로서의 커리어가 있다면 지금까지 유명인인
탓에 유명세를 치른 적이 전혀 없는 것도 아닐 테니까.

"가·유언 소녀는 후모토 선생님의 팬이다. 나·유언 소녀는 후
모토 선생님의 팬이 아니다. 개인적인 원한이 없는 경우에는 이
두 가지 패턴을 생각할 수 있어요."

쿄코 씨는 아직도 더 깊이 나아가려 한다. 가, 나까지 나오니
이제 영락없이 시험의 선택 문제다.

다만, 이 패턴 분류는 납득하기 힘들다.

그런 악의를 드러냈는데 팬이라는 패턴이 있을 리 없다고 생
각했는데 이것은 지금까지와는 반대로 콘도 씨와 후모토 선생님
으로서는 받아들이기 쉬웠던 듯 두 사람은 의문을 제기하지 않
았다.

팬이기에 품는 악의.

만화업계에서는 익숙한 일인지도 모른다.

콘도 씨는 착잡한 얼굴을 하고,

"과연, 악의가 있는 경우는 알겠습니다. 그럼 오키테가미 씨. 조금 앞으로 돌아가서 악의가 없는 경우… 패턴 β에 대해 설명해 주실 수 있을까요?"

라고 쿄코 씨를 재촉했다.

쿄코 씨가 이 이상, 유형 분류의 심층까지 나아가려는 것을 저지했다고도 할 수 있다.

"후모토 선생님에 대한 악의도 없이 이런 일이 가능한가요? 그것이야말로 그냥 모함이잖아요."

"목적이 달라요. 목적이라고 해야 할지, 표적이라고 해야 할지. 패턴 α는 어쨌거나 유언 소녀의 시선이 후모토 선생님을 향해 있지만, 패턴 β는 제삼자의 시선이 후모토 선생님을 향하도록 하는 것이 목표예요."

"……?"

"자살을 감행하는 진짜 동기를 들키고 싶지 않아서 가짜 동기를 준비했다는 뜻이에요. 후모토 선생님은 이름을 이용당했을 뿐이죠. 자신은 후모토 선생님의 만화 때문에 죽는 거라고 유서에 적음으로써 진짜 이유를 은폐하려 했어요."

유서라고 해서 반드시 사실이 쓰여 있다고만은 할 수 없다. 하물며 본인이 사실을 쓰고 싶지 않은 경우에는.

유언 소녀는 후모토 선생님에게 악의가 없다는 건 말하자면 다른 누구의 만화여도 별로 상관없었다는 의미인가.

악의가 있는 팬이 후모토 선생님을 함정에 빠뜨리려고 했다는 것이 최악의 가능성인 줄 알았는데, 어쩐지 '다른 누구여도 좋았다'라는 그 악의가 없는 케이스도 나름대로 최악인 것 같았다. 악의가 없는 것이야말로 최악이라니, 이 얼마나 초현실적인 도달점인가.

"'만화에 영향을 받아 자살했다'라는 건 어떤 의미에서는 알기 쉽다고 할까, 심플한 템플릿이라고 할까, 납득하기 쉬운 인과 관계라고 할까, 더 이상의 설명이 요구되기 힘든 자살 동기가 될 수 있으니까요."

하긴, 그 말을 들었을 때 나 같은 사람은 다른 가능성을 생각도 하지 않았다.

자살 미수 소녀가 남긴 유서의 내용은 인간으로서 의심하면 안 된다는 무의식 속의 생각도 물론 있었겠지만, 좋든 나쁘든 '만화의 영향력'이라는 스토리 라인에 그런대로 설득력이 있었기 때문이라는 게 틀림없이 있다.

그 자체가 만들어진 스토리일 가능성.

악의가 아닌 작위….

"영향을 받았는가 받지 않았는가는 완전히 마음속의 문제이니 그 거짓말을 간파하기란 어렵죠…."

라고 콘도 씨는 고민스럽게 말했다.

자기 고백인 탓에 씻기 힘든 억울한 죄. 유언 소녀를 추궁하여 사실을 말하게 하려 해도 그녀는 현재 중태에 빠져 의식이 불분명하다.

생각하고 싶지도 않지만 그녀가 이대로 죽어 버리면 진상은 어둠 속에 묻힐 것이다.

"오키테가미 씨… 그럼 유언 소녀의, 진짜 자살 동기는 무엇일까요? 그녀가, 그런 거짓말을 하면서까지 감추려고 한 진짜 이유는….."

"현시점에서는 불확실해요."

유형 분류의 세세함에 비해 말도 못 하게 매몰찬 대답이었으나 그것은 뭐, 그럴 것이다. 감추려고 했으니 감추어져 있을 것임에 틀림없다.

"가정 내 불화, 학급 문제, 교우 관계. 아이가 자살하는 이유로 자주 거론되는 건 이 정도지만 이 역시 일반적이라고 할까, 납득하기 쉬운 스토리 라인이라는 느낌도 드니까요."

애당초 현 시점에서는 모든 것이 가설이며, 패턴 β가 정답인지 아닌지도 불확실하다. 첫 유형 분류에서 패턴 ①이 맞았다면 지금 하는 유형 분류는 완전히 헛수고인 셈이다.

왠지 모르게 패턴 ②의 가능성을 펼쳐지는 데까지 펼쳐 보인 쿄코 씨의 이야기 진행으로 유언 소녀의 자살에 후모토 선생님의 작품은 무관하다는 게 전제처럼 되었는데, 처음 제시되었던 그 '결론'의 근거 같은 건 아무것도 제출되지 않았다.

그 사실을 후모토 선생님도 깨달았는지,

"가능성의 이야기만을 하자면 그야 무슨 말이든 할 수 있겠죠. 탐정님, 역시 그것은 위로에 불과합니다."

라며 고개를 저었다.

"그래서야 내 책임은 아니라는, 오히려 내가 피해자라는 책임 회피의 가능성에 불과합니다. 그야 아무런 증거도 없으니까요."

"하지만 후모토 선생님의 책임이라고 할 만한 증거 또한, 없는데요?"

"그러니까 그런 식으로 생각하는 것 자체가 책임 회피라고 저는 말하고 있는 겁니다. 지금 단계에서 확실한 사실은 그 아이가 자살을 시도했다는 것, 그리고 그 아이의 유서에는 저의 이름이 쓰여 있었다는 것뿐이니까요."

그건 확실히 그랬다.

오컴의 면도날*도 고르디우스의 매듭*도 아니지만, 옆에서 듣자니 쿄코 씨는 가능성을 모두 검토하는 걸 뛰어넘어 너무 복잡

※오컴의 면도날 : 어떤 사실 혹은 현상에 대해 설명할 때 논리적으로 가장 단순한 것이 진실일 가능성이 높다는 원칙. 오컴 출신의 논리학자 윌리엄의 주장으로 인과관계를 설정함에 있어 불필요한 가정은 잘라 내야 한다는 뜻이다.

※고르디우스의 매듭 : 알렉산더 대왕이 칼로 잘랐다는 전설의 매듭. 고르디우스 왕이 세운 수도 고르디움에 있는 전차의 매듭으로 아시아의 왕이 될 자만이 그 매듭을 풀 수 있다는 전설이 있었다. 알렉산더 대왕은 매듭을 풀기보다 잘라 냄으로서 자신이 전설의 인물임을 증명한다. 복잡한 문제를 단번에 풀어 내는 묘수를 뜻한다.

하게 생각하는 경향도 있었다. 이러니저러니 하며 후모토 선생님의 은퇴 선언을 철회하기 위해 논리를 가지고 노는 것 같기도 하다.

다만, 이 부분은 탐정이다. 맨 처음 병실에서 내게 말했듯이 설령 의뢰인의 요청에 부응하기 위함일지라도 자의적인 결과를 도출하고자 사실을 속이거나 왜곡하지는 않는다. 빈말은 할지라도 위안의 말도, 위로의 말도 하지 않는다. 그녀는,

"확실한 사실이라면 또 하나 있어요."

라며 손가락을 세웠다. 어디까지나 여유로운 태도를 무너뜨리지 않고서.

"그리고 그것이야말로 콘도 씨가 느끼셨다는 위화감의 정체이겠죠."

"…뭡니까? 또 하나의 확실한 사실이란."

짜증이 난 듯 후모토 선생님이 물었다. 참을성의 한계라고 할까, 그 대답에 따라서는 이제 이 회의실에서 나갈지도 모르는 기세이다.

모든 가능성을 망라하는 쿄코 씨의 추리에서 논점을 피해 간다는 인상을 받았다 해도 어쩔 수 없으므로 후모토 선생님의 짜증도 당연하다면 당연하다. 요리조리 빠져나간다고 느꼈을지도 모른다.

그런데 쿄코 씨가 그런 그에게 제시한 것은 그 분노에 기름을

부을지도 모르는 '확실한 사실'이었다.

 "후모토 선생님이 현재 연재 중인 작품『베리 웰』에 대해서 제가 극찬했다는 사실을 부디 마음속에 새겨 둔 채 들어 주세요."

 그야말로 수수께끼 같은 말로 운을 떼고서 쿄코 씨는 '확실한 사실'을 말했다.

 해당 작품『치체로네』도 당연히 읽었다고.

 "그 단편은 그리 재미있지 않았으니 독자를 자살로 내몰 만한 영향력은 절대로 없어요."

5

 그러고 보니.

 모든 가능성을 망라하는 식의 유형 분류임에도 '유언 소녀의 자살이 아니었을 경우'라는 패턴은 끝내 등장하지 않았다.

오키테가미 쿄코의

유언서

제 5 장

대기하는 카쿠시다테 야스스케

1

약간 얼버무린 감도 있는 '그리 재미있지 않다'라는 작품에 대한 표현이 이 경우에는 반대로 꾸밈없는 리얼리티가 되었으며, 게다가 '절대로 없어요'라는 힘찬 단정은 달리 해석할 도리가 없을 만큼 명확한 비판이었다.

확실한 사실.

아니, 그것이 콘도 씨가 품었다는 위화감의 정체라고 한다면 실제로 더 이상의 논의가 일절 필요하지 않을 만큼 사안은 명백했다. 그리고 총명한 콘도 씨 본인이 느낀 위화감을 말로 제대로 표현할 수 없었던 이유도 짐작이 간다.

물론 편집자이므로 만화가 재미있고 재미없고를 판단하는 건 콘도 씨가 해야 하는 업무이지만, 이 상황에서 고뇌하는 만화가에게 대놓고 '그 작품은 재미없으니까 독자에게 영향력이 있을 리 없다'라고는 말할 수 없을 것이다.

보다 자세하게 말하자면, 현재 연재 중이며 편집부로서도 밀어주고자 하는 『베리 웰』이 아니라 과거의 단편 작품 『치체로네』라는 제목이 유서에 포함되어 있었다는 점에서 콘도 씨는 작위적인 기운을 느꼈던 게 아닐까.

옛날 작품까지 아는 열혈 팬이라고 해석하는 것이 보통이기는 하지만, 이를테면 자살의 구실로 삼기 위해 뭐든 좋으니까 자살을 테마로 한 만화를 골랐다는 식으로 볼 수도 있다.

자의적인 선택. 그렇다면 그보다 작위적인 것은 없고.

너무 잘 짜였다고 느끼는 건 당연하다.

하지만 그런 위화감을 편집자로서, 그리고 조직원으로서 콘도 씨는 입이 찢어져도 후모토 선생님에게 말할 수 없었으리라. 하지만 그 부분이라면 오키테가미 쿄코.

내일이면 잊어버리기 때문에 누구와도 부딪칠 수 있는 솔직한 여성이다. 탐정이다.

콘도 씨가 막연하게 품었던 위화감을 어떤 의미에서는 노골적일 정도로 분명하게 말로 표현한 쿄코 씨. 탐정으로서 의뢰인으로부터 받은 요구는 이 시점에서 달성했다고도 할 수 있다.

하지만 현 시점에서라면 이것은 중간보고에 지나지 않는다. 쿄코 씨의 탐정 활동은 이후 후반전으로 이행하게 된다.

2

"이거 참~ 혼나고 말았네요."

도대체 무슨 생각인지 쿄코 씨는 도리어 명랑하게, 어딘지 즐거운 듯 들뜬 느낌으로 그렇게 말했다.

"설마 그토록 화를 내실 줄이야… 아하하. 어쨌거나 만화가 선생님이니까요. 혹평에도 겸허하게 귀를 기울여 주시지 않을까

옅은 기대를 했었는데."

그 기대는 역시 맘 편한 생각이었으리라.

인사치레가 섞였지만 공연히 『베리 웰』을 그토록 높이 평가했던 만큼 낙차는 심했다.

오히려 그 사실을 마음속에 새겨 두었던 만큼 후모토 선생님의 격분은 그칠 줄 몰랐다. 회의실에서 쫓겨나는 모양새로, 나와 쿄코 씨는 사쿠소샤에서의 모임을 반쯤 강제적으로 종료했다.

후모토 선생님이 나가는 게 아니라 설마 우리가 쫓겨날 줄이야…. 허둥지둥 도망치듯 우리는 사쿠소샤의 바로 앞 버스 정류장에 세워져 있던 버스로 달려갔다. 가장 빠른 탐정은 도망도 빨랐다.

반면, 골절된 나로 말할 것 같으면 꼴사납게도 그런 그녀에게 질질 끌려가는 모양새였는데, 곰곰이 생각해 보니 모임 중에는 가급적이면 기척을 지우고 한마디도 하지 않았는데 어째서 나까지 쫓겨난 걸까.

공범자 취급.

이건 이것대로 억울한 죄다.

하지만 화가 머리끝까지 난 후모토 선생님과 함께 회의실에 남겨지는 것보다는 도주극에 기분이 고양되어 즐거워 보이는 쿄코 씨와 노선버스에서 2인석에 나란히 앉아 있는 것이 더 좋았다.

남겨 두고 온 콘도 씨와 토리무라 씨에게는 죄송스러울 따름 이지만….

"죄송해요."

조금 안정이 되었을 때 쿄코 씨가 가까스로 내게 말했다. 틀림 없이 후모토 선생님을 화나게 한 일에 대한 사과려니 했는데,

"모처럼 오후까지 기다려 주셨는데 야쿠스케 씨가 읽기도 전 에 선입관을 심어 주고 말았어요."

라고 말을 이었다.

아무래도 내가 읽기도 전에 결국 단편 만화 『치체로네』의 감 상에 대한 사과인 모양이다. 후모토 선생님을 상대로는 그토록 적나라한 비판을 펼쳤으면서 그 부분은 사과하는 것인가.

독서가로서의 쿄코 씨가 가진 자세일 텐데, 추리소설 독자는 매사에 필요 이상 스포일러를 기피하는 경향이 있다.

뭐, 나로서는 『치체로네』든 『베리 웰』이든 읽을 기회를 완전히 놓치고 만 모양새로, 이번을 제외하면 앞으로도 접할 일은 거의 없을 테니까 사과해 주지 않더라도 전혀 문제될 건 없는데.

"아니, 아니. 꼭 읽고 감상을 들려주세요. 제가 읽었을 때는 어떻게 손쓸 도리가 없는, 심금을 울리지 않는 작품이었지만 야 쿠스케 씨가 읽었을 때는 어떤 매력을 발견할 우려가 있어요."

우려인가.

대체 얼마나 평가가 낮은 거야… 그런 소리를 들으니 읽고자 하는 모티베이션이 더욱더 낮아진다.

"만화에 한정된 게 아니라 이야기에 대한 평가는 십인십색이 니까요. 저의 심금은 전혀 울리지 못했던 『치체로네』도 열두 살 의 유언 소녀에게는 영혼을 뒤흔드는 명작이었을 우려도 있거 든요."

"……."

그것은… 뭐, 우려, 로구나.

회의실에서는 구태여 그 점을 언급하지 않았지만(언급하기 전 에 쫓겨난 셈이지만) 어쩌다 보니 유언 소녀의 감성에 『치체로 네』의 자살 찬미가 딱 들어맞았을 가능성은 아무래도 남는다.

어느 누구도 찬성해 주지 않지만 자신만은 명작이라고 믿는 작품이란 내게도 있다. 유언 소녀에게 있어 『치체로네』가 그렇 지 않으리라고는 아무도 단언할 수 없으리라.

"그러니까요. 비록 작가마저 졸작으로 평가하는 작품이어도 자신이 재미있다고 생각한 건 재미있잖아요. 저에게도 있어요, 그런 작품."

"그래서… 계속 조사하시는 건가요?"

그런 것이다.

후모토 선생님에게 내쫓기면서도 쿄코 씨는 회의실을 나오기 전에 빈틈없이 콘도 씨와 그런 약속을 했다.

'따라서 유언 소녀가 자살을 시도한 진짜 이유를 이제 조사해 올 예정이니 밤 10시에 다시 실례할까 해요.'… 라고.

실례도 그냥 실례가 아니라 그야말로 큰 실례인데….

그런 이유로 우리가 지금 어디로 향하고 있는가 하면, 어쨌거나 저쨌거나 사쿠소샤로부터 멀어지려고 무작정 버스에 올라탄 것이 아니라 유언 소녀가 다니던 중학교로 향하고 있는 것이다.

애초에 사쿠소샤에서의 모임 후 그쪽으로 향할 예정이라는 말은 들었기에 갈아탈 버스는 미리 휴대전화로 알아 두었다. 그 절차가 빠릿빠릿한 도망에 도움이 된 셈인데.

가장 빠른 탐정이라서 스케줄이 빡빡했지만 뜻밖에도 사쿠소샤에서의 모임이 일찍 끝나 시간에 약간 여유가 생긴 모양이다.

"그런데, 괜찮았던 건가요? 쿄코 씨."

"음? 뭐가요?"

"아니, 결국에는 오전에 한 조사 내용을 보고했을 뿐, 콘도 씨에게서도 후모토 선생님에게서도 별로 이야기를 들을 수 없지 않았나 싶어서…. 그것이 앞으로의 조사에 지장을 주지 않을까요?"

"아아, 그거라면 전혀 문제없어요."

내 걱정이 기우라는 듯 쿄코 씨는 장난스럽게 수줍어한다.

"듣고 싶은 건 들을 수 있었거든요. 최소한 제가 느낀 위화감과 콘도 씨가 느낀 위화감이 같은 것이었는지 어떤지와, 후모토 선생님과 유언 소녀의 사이에 접점이 있었는지 없었는지, 이 두 가지만 확인할 수 있으면 되었어요."

그건 할 수 있었으니까, 라고 쿄코 씨는 말했다. 음, 첫 번째는 알겠지만 두 번째는 잘 모르겠는데?

접점?

"네. 말하자면 유서에서 『치체로네』라는 제목을 언급한 이유 중에, 악의가 있었고 원한도 있었다는 케이스에 얼마만큼 현실감이 있는지를 체크하고 싶었어요. …사인회 등에서 후모토 선생님을 팬으로서 만난 적이 있는 유언 소녀가 냉대를 받고 한을 품어서 보란듯이 자살했다는 가설도 있었는데 아무래도 후모토 선생님의 반응을 보건대 그건 아닌 듯했어요."

"그러게요… 모른다고 하셨으니."

부지불식간에 만나서 부지불식간에 원한을 샀다는 가능성을 지금으로서는 완전히 지울 수 없으므로 그 케이스를 완전히 부정하기는 어렵지만, 그런 유의 원한이라면 느닷없이 자살 소동에 이르는 것이 아니라 그에 이르기 전의 전조라는 것이 있을 법하니 후모토 선생님에게 짚이는 바가 없다는 건 부자연스럽다.

…만약 후모토 선생님을 함정에 빠뜨리는 것이 목적이었다면 내가 낙하지점에 끼어듦으로써 그 목적은 달성할 수 없었던 셈이 된다.

익명이라고는 하나 참 희한하게도 미디어에서는 내가 범인으로 취급되어 후모토 선생님의 작품명이 포함된 유서 내용은 공표되지 않았으니까. 그렇게 생각하면 왠지 복잡한 기분도 든다.

"그럼 현 시점에서 쿄코 씨는 후모토 선생님이 그저 이용당했을 뿐이라고 생각하시나요?"

"현 시점에는 그렇게 생각하지 않아요. 하나하나 추리 자료를 모을 뿐이에요."

그런 식으로 받아넘겼지만 글쎄, 얼마간 가설은 세워 두지 않았을까.

오른쪽 허벅지 안쪽의 메모도 그렇고… 하지만 그것을 추궁할 수는 없어 괴롭다.

"아, 그런데 후모토 선생님이 그런 식으로 화를 내신 건 결과적으로는 좋았다고 생각해요. 작품이 폄하된 일로 화를 냈다면 아직 크리에이터 정신을 잃지 않았다고 할 수 있겠죠."

아까와 반대의 말을 하네….

크리에이터 정신이 없더라도 그런 말을 들으면 누구든지 화를 낼 것 같은데.

"…좋고 나쁘고를 떠나서 자신을 꾸미지 않는 사람이었죠."

라고 나는 말했다.

솔직히 이 감상에는 좀 더 꾸며도 좋았을 거라는 마음이 담겨 있었다.

뭐, 그런 마음에 대하여 '작가에게 환상을 품고 있을 뿐이다' 라고 한다면 그건 맞는 말이고, 단지 그뿐인 일이지만.

"그렇게나 호되게 혼나서 하는 말은 아니지만 더 풀이 죽어 있지 않을까 했거든요. 그런데, 뭐랄까….."

"어딘가 편해진 모습이셨다는 건가요?"

후모토 선생님에게서 받은 인상을 어떻게 표현할지 고민하는 데 쿄코 씨가 척 알아맞혔다. 그렇다면 쿄코 씨도 똑같은 감상을 품었는지도 모른다.

"네… 맞아요."

"뭐, 만화가는 힘든 직업이니까요. 즐거워서 하고 계시지만 괴로움 또한, 원래부터 있었을 거예요. 애증이 반반. 하지만 커리어를 쌓으면 관둘 수 없게 되죠. 편집부가 밀어주려고 하는 시점에서 은퇴라니, 보통은 못 하죠. 이번 사건은 후모토 선생님에게 괴로운 처지에 몰림과 동시에 '편해지기' 위한 뜻밖의 찬스이기도 했겠죠."

"허어…."

25세임에도 벌써 인생에서 퇴직을 몇 번 경험했는지 헤아릴 수 없는 내게 그것은 좀 이해하기 어려운 감정이다. 그렇지만 명확한 '퇴직'이 없는 작가라는 직업에서 은퇴할 기회란 사실 얻기 힘든 것인지도 모른다.

유언 소녀가 후모토 선생님의 작품을 자살 행위의 구실로 삼으려고 했듯이 후모토 선생님은 유언 소녀의 자살 행위를 이때다, 하며 은퇴의 구실로 삼으려고 했다는 걸까?

"아뇨, 그렇게까지는 말하지 않겠어요. 책임을 느끼고 계셨던 것도 사실이겠죠. 다만, 마음고생을 하며 만든 작품이 사람의 목숨을 빼앗을지도 몰랐다고 생각하면 동기 유지가 어려워지기는 할 거예요."

"……."

재미없어졌으니까, 시시해졌으니까 관둔다고 할 만큼 단순하지도 않다는 건가.

본인의 마음은 본인밖에 모르고, 더 나아가 본인조차 제대로 모르고 있을 가능성은 있다. 쿄코 씨의 유형 분류를 빌려 말하자면 본인이 그렇게 믿는 것일 뿐인 패턴이란 특수한 듯하면서도 그리 드문 것은 아니리라.

"뭐, 그만큼 들쑤셔 놓았으니 저에 대한 분노가 동기로 작용하기를 바랄 뿐이에요."

"…혹시 쿄코 씨, 그럴 생각으로 굳이 과격한 표현을 고른 거였나요?"

이제야 거기까지 생각이 미쳤다. 그런가, 과거의 단편 작품인 『치체로네』는 그렇다 쳐도 현재 연재 중인 『베리 웰』은 높이 평가했던 쿄코 씨이다.

탐정이 아니라 독자로서 다음 화를 읽고자 하는 마음이 있었

는지도 모른다. 그런 식으로 생각할 뻔했으나 그것은 너무 앞서 나간 생각이었던 듯,

"아니요."

하면서, 쿄코 씨는 안경 속에서 눈웃음을 지었다.

"다음 화가 있어도, 내일이 되면 전 오늘 읽은 내용도 잊어버리는걸요?"

3

만화의 영향으로 독자가 자살했다면 그 체험을 다음 작품에서 살려야 한다던 쿄코 씨의 발언은 그런 의미에서는 전적으로 각오가 부족한 것이었다. 자신은 할 수 없는 일을 타인에게 요구하는 것과 다름없다.

누구를 화나게 하든, 혹은 어떤 원한을 사든 그 일을 그날 안으로 잊어버리는 쿄코 씨에게는 쌓이는 경험도 쌓이는 커리어도 없다.

극단적인 말로, 해결 편에서 범인을 지적했을 때 범인이 자살해 버리는 '탐정적'인 불상사가 있더라도, 탐정으로서 있을 수 없는 그 굴욕의 기억을 망각 탐정은 다음 날로 가져갈 수 없는 것이다.

그러한 입장이기 때문에야말로 감정과 동정에 사로잡히지 않

는, 무책임하다고도 볼 수 있는 자유분방한 지적을 할 수 있는 것인지도 모르지만, 그 때문에 아무래도 중요한 부분에서는 설득력이 떨어지고 만다.

기억이 하루 만에 리셋된다는 쿄코 씨의 특성은 묵비의무를 엄수할 수 있다는 점에서는 탐정으로서 큰 어드밴티지이기는 하나, 그와 동시에 탐정 활동에 큰 제한도 된다.

그것은 단순하게 어떤 사건이든 하루 안에 해결하지 않으면 안 되기 때문이 아니라, 과거에 전혀 연연하지 않는 탐정이 범행을 지적해 봤자 대개의 범인은 '네가 뭘 알아'라고 반발하고 싶어질 것이기 때문으로.

해결 편에서 설교를 시작하는 탐정보다도 범인에게는 훨씬 상극이리라. 호소하듯 누누이 동기를 말해 봤자 그런 건 망각 탐정을 상대로는 무의미하기 때문이다. 범인이 어떤 과거를 가졌으며 어떤 심정으로 범행에 이르렀는지, 망각 탐정에게는 전해지지 않는다.

유언 소녀가 그런 유서를 남긴 의도는 아직 불분명하지만, 의식조차 불분명하지만 그 의식을 되찾았을 때 그녀는 쿄코 씨에게 뭐라고 말할까?

뭐라고 말하든 간에.

내일이면 그것은 잊히고 말지만.

4

버스로 갈아타고 도착한 중학교의 이름은 굳이 말하지 않겠지만, 그래도 귀띔하자면 전국적으로 지명도가 있는, 잘 알려진 사립 여자 중학교였다.

유언 소녀는 올봄부터 이곳에 다니고 있었다. 편차치가 높은 학교이니 아마 적어도 학교 성적은 나쁘지 않은 여자아이였으리라.

학생의 본분을 버리고 만화만 읽다가 만화의 악영향을 받은 아이라는 전형적인 이미지에서는 크게 벗어난다.

취미와 학업을 병행할 수 있는 우등생이었던 걸까. 아니면 만화 같은 건 보통 읽지 않는 우등생이었던 걸까.

후자였다면 역시 후모토 선생님은 구실로 이용당한 셈이 된다. 그 점을 쿄코 씨는 이제부터 조사할 작정이었다.

"그러면… 으~음, 역시 야쿠스케 씨는 여기서 잠시 기다려 주시겠어요? 저쪽에 벤치가 있는 것 같으니 앉아 계세요."

버스 정류장에서 교문으로 가는 중간 지점, 작은 공원 부근에서 발을 멈추고 쿄코 씨는 내게서 떨어졌다.

뭐, 당연하다고 할까….

여자 중학교에 내가 들어갈 수 있을 리 없다.

당연한 이야기인데, 가뜩이나 그 학교는 지금 재학생이 자살 미수에 이른 사건으로 예민해져 있을 상황이었다. 누명이나 연루 정도가 아니라 정말 체포되고 말 것이다.

나라면 틀림없이 그럴 것이고, 솔직히 여성인 쿄코 씨라도 위태로울 정도다. 적어도 탐정임을 솔직하게 밝히면 출입 허가를 받을 수 있을 리 만무하고 문전 박대를 당할 터였다.

"네. 그러니까 유언 소녀의 관계자를 사칭하여 반 친구들과 교무실 선생님들로부터 이야기를 듣고 올 거예요."

기죽지 않고 그런 식으로 말하는 쿄코 씨.

학생들뿐만 아니라 교사들로부터도 이야기를 듣고 오겠다니, 그 대담무쌍함에는 놀라 버렸다.

신분을 위장하여 벌이는 잠입 수사는 탐정의 기본이겠지만… 그래도 역시 장소가 학교이다 보니 조금 걱정되는걸.

웬만한 회사 같은 데보다 훨씬 성역이라는 느낌이 강한 장소이다. 하물며 사립 여자 중학교라면 경비원도 상주하고 있을 테니까.

아이들을 지킨다는 대의명분은 역시 강하다. 그보다 이 경우, 보호자가 맡긴 아이에게 만에 하나라도 무슨 일이 생기면 학교 법인의 존망이 위태로워진다는 것도 있으리라.

실제로는 학교 밖에서 벌어진 일이지만 자살 미수자가 나온 사건은 학교에 큰 대미지가… 음? 뭐더라, 지금, 무언가 떠오르려고 한 것 같은데… 기분 탓인가?

"그럼, 다녀올게요. 혹시 한 시간 안에 돌아오지 않으면 구하러 와 주세요."

"구, 구하러요?"

"농담이에요. 구하러 오지 않으셔도 되니까 콘도 씨에게 임무 실패라고 전해 주세요."

그렇게 말하고 나를 공원 벤치에 앉히더니 쿄코 씨는 부담감이 느껴지지 않는 경쾌한 발걸음으로 유언 소녀가 다니던 여자 중학교로 향했다.

신분을 위장한다고 해도 관계자 사칭이면 변장에 공을 들일 필요는 없으려나…. 교내에서는 분명 그 백발이 눈에 띄겠지만 상대가 호기심 많은 여중생이라면 그것을 이야기의 계기로 삼을 수도 있겠지.

어쨌든 이번에는 내가 도울 수 있는 게 없다. 그렇다면 한 시간 동안 얌전히 휴식을 취하기로 하자. 이래 봬도 갓 병석에서 일어난 몸이라고 할까, 의식을 되찾은 지 얼마 안 된 부상자이다.

쉴 수 있을 때 쉬는 것도 일이다.

…아니지, 나는 딱히 이 건으로 쿄코 씨에게서도 콘도 씨에게서도 일당을 받는 게 아닌데.

금전 감각이 뛰어난 쿄코 씨가 의뢰인 측인 내게 조수비를 줄리는 없고, 큰 은인인 콘도 씨에게 중개료를 청구할 수도 없다.

한편 직장에 퇴직 의사를 밝혀 둔 터라 나 스스로도 점점 내가 뭘 하고 있는 건지 모르겠다.

작가라도 되는 수밖에 없다고 콘도 씨에게 실없는 소리를 하고 말았는데, 후모토 선생님의 현 상황을 보고서 역시 쉬운 세계가 아님을 뼈저리게 깨달았고, 애당초 내가 지금 틈나는 대로 쓰고 있는 사건 기록은 비록 실제 체험일지라도 도무지 표면화할 수 있는 게 아니다.

그야말로 규제 대상이 되어 출판 정지를 당할지도 모른다. 책이 규제당할 뿐만 아니라 작가인 내가 단속을 당할 가능성마저 있다.

과장이 아니라.

실제로 표현 규제의 가장 무서운 점은 그 부분이리라. 후모토 선생님이 지금 반쯤 그런 상태에 있듯이 크리에이터가 위축되는 일도 문제지만, 크리에이터 중에서 체포자가 나오는 일은 무척 위험하다.

인권을 지키기 위해서 인권을 침해한다.

궁극적으로는 있을 수 있는 일이지만, 그 일을 감정에 휩쓸려서 행하는 건 사회 질서를 유지하는 데 있어 너무나도 리스크가 크고 퇴폐적이기까지 하다.

퇴폐적이기까지 하지만, 쿄코 씨도 말했듯이 역사상으로는 그런 체제가 당연했던 시절이 훨씬 더 길고, 세계 규모로 보면 현대에도 표현의 자유는 결코 당연한 권리가 아니다.

…반면, 고작 한 권의 책이 사회 질서를 어지럽힐 가능성을 황당무계하다고만 볼 수도 없는 게 어려운 부분이다. 독자의 의식을 변혁하고, 국가의 압제 정치를 뒤엎는 혁명까지도 초래하는 책의 존재는 픽션이 아니다. 오락의 가죽을 뒤집어쓴 사상서가 직시할 수 없는 학살을 초래하고 차별과 편견을 부추겨 왔다.

그렇게 되면 '아이들을 지키기 위해'라는 테두리로는 도저히 이야기할 수 없다. 같은 틀로 이야기하는 것 자체가 틀린 감도 있지만, 역시 뿌리는 같은 문제이다.

뿌리가 같고, 따라서 뿌리가 깊다.

…뭐, 위축이 되었을 테고 만화가라는 혹독한 직업에서 벗어나기 위한 구실이라는 측면도 있겠지만, 그래도 자신의 저작물로 인해 목숨을 잃을 뻔한 아이가 있다는 말에 '그런 건 내가 알 바 아니다, 부모의 책임이다'라는 뻔한 소리를 하지 않고 어디까지나 스스로 짊어지려고 한 만큼 후모토 선생님은 훌륭하다고 봐야 할까.

그것도 쿄코 씨에게는 자신이 나쁜 셈치고 어려운 논의를 피하려 하는 것뿐일지도 모르지만. 그렇다면 상대에게 일방적으로 책임을 전가하는 것과 큰 차이 없어 보일지도 모르지만.

언젠가 그녀가 내게 그렇게 말했듯이.

그건 잊히지도 않는다, 내게 있어서도 '처음 뵙겠습니다'였던 사건. 내게 있어서 망각 탐정이 맡은 최초의 사건.

그렇다, 그 사건은 지금으로부터 2년 전….

무심코 공원 벤치에서 회상에 젖어 들려던 참에 내 휴대전화로 전화가 왔다. 콘도 씨의 전화였다.

도망치듯이 나왔다기보다 정말로 도망쳐 나온 회의실의 상황이 겨우 정리되었나 생각하면서, 뭐 타이밍이 딱 좋다며 나는 전화를 받았다.

"수고가 많아, 콘도 씨."

[수고 같은 소리 하네, 나 원. 무슨 짓을 한 거야, 야쿠스케.]

입을 열자마자 그런 식으로 화난 시늉을 하는 콘도 씨였다. 그러나 어딘지 후련해진 분위기는 미처 감추지 못한다.

자신이 품고 있던 위화감의 정체를 쿄코 씨가 알아맞혀 주어 후련해진 것은 물론이거니와, 편집자로서, 그리고 조직의 일원으로서 자신이 맡은 작가에게 도저히 할 수 없는 말을 대략 쿄코 씨가 해 주어 후련해진 것도 있겠지. 뭐, 아무래로 그런 말은 입이 찢어져도 할 수 없겠지만.

"나는 딱히 아무것도 안 했어. 누명을 씌우는 건 그만두라고."

[무슨 소리야, 오키테가미 씨를 말리는 건 네 역할일 텐데.]

그건 금시초문이었다.

틀림없이 도움을 받는 것이, 혹은 휘둘리는 것이 내 역할이라고 생각했었다.

"후모토 선생님은 이제 진정되셨고?"

[응, 그렇지 뭐. 일을 한다면서 돌아가셨어.]

"……? 일을? 그럼, 은퇴 선언은…."

[아니, 철회한 게 아니야. 다만, 진상이 밝혀질 때까지는 은퇴를 연기하기로 했거든. 일단 오늘밤 10시까지라면 후모토 선생님은 만화가야.]

"그렇구나….."

어쩐지 쿄코 씨의 생각대로 된 느낌이다. 아직 무턱대고 기뻐할 수 있는 상황은 아니지만, 상황은 아주 조금 호전된 셈이다.

하지만 이대로라면 역시 몇 시간의 유예가 생겼을 뿐이다. 유언 소녀의 죽음에 얽힌 진상을 규명하지 않으면 안 된다. 자살의 이유라는 완전한 마음속의 사정을 고작 몇 시간 만에 어디까지 파헤칠 수 있을지. 뭐라 형언할 수 없는 데가 있다.

어쩌면 설레발치다 끝날지도 모른다.

[그래, 이쪽은 뭐, 그런 느낌인데. 야쿠스케, 넌 지금 뭐 하고 있어? 오키테가미 씨와 함께 아니야?]

"응, 지금은 개별 행동 중이라…."

나는 콘도 씨에게 현 상황을 설명했다.

개별 행동을 취하고 있지만 정확하게 말하자면 나는 벤치에서 쉬고 있을 뿐으로, 쿄코 씨의 폭주를 말리는 역할을 하지 않았다고 또 꾸지람을 들을지도 몰랐지만, 은인이자 친구인 콘도 씨에게 거짓말은 할 수 없다.

"…그런 이유로 지금은 쿄코 씨 혼자 학교 안을 조사하고 있어. 반에서의 인간관계라든가, 또는 그와 비슷한 고민이 있었던 건 아닌지…."

[…발 빠른 사람이구나, 정말.]

콘도 씨는 기가 찬 듯 웃었다.

뭐, 아까까지만 해도 회사에서 이야기하고 있었던 상대가 지금은 여자 중학교에서 잠입 수사 중이라고 하면 웃을 수밖에 없을지도 모른다.

[그런데 자살의 원인이 꼭 학교에 있다는 보장도 없잖아? 가정 문제를 안고 있었을지도 모르고….]

"응, 그래서 학교 조사가 끝나면 자택이랑, 또 유언 소녀가 치료 중인 병원으로 향할 예정이야. 두 곳 다 별로 기대는 안 하지만…."

수상쩍은 탐정을 가족이 만나 줄 거라고는 생각하기 힘들고, 병원에 가더라도 의식불명의 유언 소녀에게서 이야기를 들을 수 있을 리 없다.

그래도 쿄코 씨는 어디까지나 행동하겠지. 움직이는 동안 다른 발상이 떠오를지 모른다는 생각도 있는 듯하다.

[그래. 뭐, 맡길 수밖에 없나. 무력한 나는 하다못해 밤까지 기도라도 하며 좋은 결과 보고를 기다리도록 할게. …하지만,

열두 살짜리 아이의 자살 동기라고. 설령 그 동기가 후모토 선생님의 만화와 무관하다는 게 증명된다고 해도 그것을 좋은 결과라고는, 도저히 말할 수 없겠어.]

목소리를 어두운 톤으로 바꾸고 콘도 씨는 그렇게 중얼거렸다. 동감이었다.

해피엔딩은 바랄 수조차 없다.

그렇게 되면 확실히 이 사건을 통해 후모토 선생님이 성장해 주는 것 정도밖에는 위안다운 위안은 없을지도 모른다.

제6장

대면하는 카쿠시다테 야스스케

1

"기다리시게 해서 죄송해요, 야쿠스케 씨."

예고했던 대로 딱 한 시간 후에 여자 중학교에서 공원으로 돌아온 쿄코 씨는 어째서인지 칠흑빛 세일러복 차림이었다.

무슨 일이 있었지.

"아무것도 묻지 말아 주세요."

가라앉은 목소리로 쿄코 씨는 말했다.

철야 이틀째 정도의 기분 상태이다…. 구태여 묻지 말아 달라고 말하지 않더라도 아무것도 물을 수 없는, 위험한 오라aura를 쿄코 씨는 몸에 두르고 있었다. 세일러복과 함께 몸에 두르고 있었다.

아니, 쿄코 씨는 아담한 체격이므로 그 모습은 그럴싸하다면 그럴싸하다. 머리카락의 하얀색과, 기장이 긴 세일러복의 검정색이 빨려들 듯한 콘트라스트를 낳는다. 부츠만큼은 원래의 어른스러운 것 그대로라서 중학교에서 나온 사실을 몰랐더라면 그런 언밸런스한 콘셉트의 패션이라고 생각했으리라.

어울린다. 하지만 섣불리 그렇게 말했다가는 타박을 받을 것 같았기에 달리 아무 말도 못 한 채 잠자코 있자,

"여중생들에게 장난감 취급을 받았어요."

라고 쿄코 씨는 고개를 가로저으며 말했다. 묻지도 않았는데

배경을 가르쳐 준 셈이지만 뭐, 취미로 입었다고 오해받는 것도 본의가 아니리라.

"괘, 괜찮아요. 히가미 씨*만큼 심각하지는 않거든요."

"그게 누구죠…?"

쿄코 씨는 나를 가볍게 쏘아보았다.

화풀이지만, 화풀이를 하고 싶어질 만도 할 것이다. 딱히 변장하지 않고 잠입 수사에 나섰던 탐정이 변장하여 돌아왔다는 사태에 나도 혼란에 빠져 있었다.

"됐어요. 내일이 되면 전부 잊을 수 있으니까요."

나는 잊을 수 있을 것 같지도 않다.

"자, 다음 목적지로 갈 거예요, 야쿠스케 씨. 다음은 유언 소녀의 집이에요."

그렇게 말하더니 팔을 잡아당겨 나를 벤치에서 일으켜 세우려고 하는 쿄코 씨. 급하게 전개를 서두르는 느낌인데, 이것만큼은 그녀가 가장 빠른 탐정이라서가 아니다.

쿄코 씨의 팔은 가늘지만 나로서는 골절된 쪽 팔을 잡아당기면 버틸 수 없다. 나는 또다시 쿄코 씨에게 체중의 절반을 맡기게 되었다.

"다시 버스로 갈아타게 되나요? 아니면 전철인가요?"

※히가미 씨 : 니시오 이신의 〈전설 시리즈〉에 등장하는 히가미 나미우미(氷上竝生).

"아뇨, 여기서라면 걷는 게 제일 빠른 것 같아요… 학교에서 걸어다닐 수 있는 거리에 살고 있었던 모양이니…."

타임 리밋이 있으니 이동에 시간이 걸리지 않는다면 본래는 무척 좋아해야겠지만, 걸어가게 되면 그 길에 백발 여중생에게 부축받는 거인의 모습이 어떤 식으로 비칠지 여간 속이 타는 게 아니었다.

공안 사람이여, 부탁이니 보지 말기를.

"…쿄코 씨, 설마 그 차림을 한 채 가진 않겠죠? 어디선가 원래의 옷차림으로 갈아입으실 거죠?"

듣기로는 같은 복장을 두 번 한 적이 없다는 망각 탐정이지만 이번만큼은 예외로 해도 될 것이다.

"원래 입었던 옷은 여중생들이 불태웠어요. 소각로에."

무시무시하구나, 여중생…. 역사가 있어 보이는 여학교였는데 아직도 소각로가 건재할 줄이야.

오히려 용케도 살아 돌아왔다.

한 시간을 기다리지 말고 구하러 갔어야 했나.

"잃은 건 잘 알았는데… 쿄코 씨, 얻은 건 있었나요? 말하자면, 유언 소녀에 관한 정보는."

"그니까요, 내 말이."

습득해 온 듯한 요즘 애들 말로 쿄코 씨는 수긍했다.

얻은 게 그것뿐만이 아니기를 강하게 기원한다.

2

명문 여학교 안에서 대체 탐정이 어떤 모험 활극을 펼치고 왔는지는 수수께끼 같았고, 단순한 중개자이자 동반자인 몸으로서는 엄수되는 그 묵비의무를 파헤치는 게 가능할 것 같지도 않았는데,

"유언 소녀는 반에서 겉도는 느낌이었나 봐요."

쿄코 씨는 성과 쪽을 말하기 시작했다.

"성적은 상위권이었지만 인간관계에서는 문제도 많았다나. 참고로 동아리에는 소속되어 있지 않았던 모양이에요. 방과 후에는 도서실에서 책을 읽는 경우가 많아서 사서는 그녀를 잘 기억하고 있었어요."

사서는, 이라는 표현이 어쩐지 묘하게 한정적이었다. 그 점을 지적하자,

"네. 유언 소녀의 반 친구 중에는 그녀의 이름도 제대로 기억하지 못하는 학생이 있을 정도였죠."

라고 쿄코 씨는 덧붙였다.

그 말을 들으니 어쩐지 '유언 소녀'라는 대명사의 의미도 변하려고 하는군. 이름을 감추고 있는 게 익명성이 아니라 무명성에서 유래된 것처럼 느껴지기 시작한다.

사카세자카 마사카, 기억하기 힘든 이름이기는 하나 그래도 반에 있으면 통 잊기 힘든 특징적인 성씨인데.

겉돈다.

그게, 어렴풋이 기억나더라도 떠올리기가 귀찮아서 '모르는 셈'으로 해 버린 뉘앙스라면, 너무나도 안타깝다.

"어쩐지 들으면서 기분 좋은 이야기는 아니네요. 저도 학창 시절을 행복하게 보낸 편은 아니지만…."

지금도 무직에 누명에, 결코 만족스러운 20대를 보내고 있지는 않아도 적어도 친구 복은 있다.

"그렇군요. 하지만 뭐, 죽는다는 건 잊힌다는 뜻이니까요."

세일러복의 탐정은 떨쳐 버리듯 말했다.

유언 소녀를 떨치는 듯했고, 밀착되어 걸으면서 나를 떨치는 듯했다.

"미래가 있는 소녀들이 '자신들과는 상관없다'라며 투신한 친구와 선을 긋고 싶어 하는 건 자연스러운 일이기도 해요. 누구와도 엮이는 일은 사양이겠죠."

실제로 엮이고 만 몸으로서는 뭐라고 말할 수가 없다.

내가 지나가고 있었던 덕분에 유언 소녀가 목숨을 건졌다고 생각하면 역시 단순하게 '사양'이라고는 말하기 힘들다. 망각 탐정이 아닌 몸으로서는 그리 간단하게 단정 지을 수 없고 결론지을 수 없다.

"…그럼, 여자아이들은 유언 소녀의 자살 동기를 전혀 짐작하지 못했군요."

유언 소녀를 잘 알지 못한다. 그렇다면 그녀가 어째서 투신했는지 그 사정을 알 리가 없다.

보도에 나왔으니 나를 범인으로 믿는 아이가 있을지도 모를 정도다. 그 부분의 조사라면 역시나 경찰이 여러 차례 했을 테고, 그렇다면 쿄코 씨는 정말 여중생들에게 희롱당하다 왔을 뿐인 게 될지도 모르는데,

"아뇨."

역시나 그 순간, 그녀는 말했다.

"구체적인 이유를 말할 수 있는 아이는 없었지만 그 점에 대해서는 다들 이구동성으로 말했어요. '죽고 싶어지는 마음은 알겠다. 왜냐하면…'라고."

"……? 왜냐하면?"

"'왜냐하면' 다음에는… 음, 뭐 가지각색이에요. '짜증 나니까'라거나 '시시하니까'라거나 '바쁘니까'라거나 '따분하니까'라거나. 그야말로 내 말이, 라는 느낌이죠."

요즘 애들 말로 그렇게 말해 봤자 내게는 뉘앙스가 전달되지 않는다. 쓰임새가 맞는 건지 어떤지도 의심스럽다.

죽고 싶어지는 마음은 알겠다.

그야.

어쩐지 퇴폐적이라고 할까… 굉장히, 성인 여성에게 세일러복을 입히면서 노는 자유로운 여중생의 이미지에는 걸맞지 않는다.

걸맞지 않는다고 할까, 대조적이다.

"자살욕구… 라는 건가요?"

"후후. 부자연스럽다고 말하고 싶은 눈치네요."

쿄코 씨는 돌아온 후 처음으로 웃었다. 한 시간 동안 대체 얼마나 마음의 상처를 입고 온 거지. 사건만 없다면 지금 바로 잠들어서 잊는 게 낫지 않을까 싶을 정도다. 뭐, 쿄코 씨의 세일러복 차림보다는 부자연스럽다.

"하지만 야쿠스케 씨 또한 중학생 시절에는 그런 느낌 아니었나요? 밝은 기분도 어두운 기분도 당연히 공존했겠죠?"

"으~음… 뭐."

어두운 학창 시절이었다고는 하지만, 한편으로는 책 같은 것도 즐겁게 읽었고, 그렇지 않다고는 말할 수 없다.

그럭저럭 즐겁고, 그럭저럭 고달팠다.

그렇다면 '그럭저럭 죽고 싶다'도 있으려나.

"그래도 그런 말을 꺼내면 아이들이 계속 자살하게 될지도 모르는데요…."

"배가 고프다고 근처에 있는 걸 닥치는 대로 먹거나 하진 않잖아요. 졸리다고 아무 데서나 자거나 하진 않죠. 야쿠스케 씨도 사랑받고 싶다고 아무하고나 사귀거나 하진 않겠죠?"

인간에게는 자제심이 있다고요, 라고 말하는 쿄코 씨.

구체적으로 3대 욕구를 예로 제시하니 이해하기가 쉽다. 나는 사랑받고 싶다고 말한 기억이 없지만.

그렇게 사랑받고 싶어 하는 것처럼 보인다면 유감이다.

인권 침해인지도 모른다.

"비유를 따지고 들어 봤자 별수 없을지도 모르지만…. 계속 안 먹는 것도, 계속 안 자는 것도, 인간에게는 불가능하잖아요?"

사랑은 그렇다 치고.

"그렇지만 자살은, 안 해도 살아갈 수 있잖아요. 그보다 자살 하면 죽어 버리잖아요."

"죽어 버리죠. 그래도 자신에게 상처를 내 보거나 조금씩 죽 어 보거나 할 수는 있잖아요?"

자해나 자학 같은 것이려나.

혹은, 자살 미수.

"저도 하루마다 기억이 리셋되어서, 하루마다 죽는 거나 마찬 가지니까요."

"……."

그것은 체험으로서 공유할 수 있는 게 아니다. 느낌으로서도 동감은 불가능하다.

상상조차도 하기 힘들다.

스스로를 망각 탐정이라고 부르는데, 실제로는 어떤 기분일까. 지금 생각하는 것과 느끼는 것이 24시간 뒤에는 흔적도 남지 않고 사라진다는 일은.

인생에 리셋 버튼은 없다고 항간에서는 흔히들 말하지만, 쿄코 씨는 고작 하루 만에 강제 리셋되는 것이다.

내가 뭐라고 말할 수 없는 기분에 사로잡혀 있자,

"정말, 몇 번이나 다시 태어나는 것 같아서 러키하다니까요. 모든 체험이 신선하고요."

대조적으로 쿄코 씨는 천연덕스럽게 말했다. 입고 있는 세일러복도 한몫하여 그것은 정말 순진무구한 소녀의 말처럼 들렸다.

"몇 번을 키스해도 첫 키스예요."

3

순진무구한 소녀라는 말도 강한 신념이 있는 표현자라는 말만큼이나 환상적인 것인지도 모르지만, 다소 빗나간 이야기의 노선을 내 쪽에서 수정한다.

"즉, 유언 소녀의 자살 동기는 학교 안에서의 인간관계에 있었다고 생각해도 좋은 걸까요? 반에서 겉돌았다고 한다면…."

"반에서 겉돌았다고 자살하면 아이들은 계속 자살하고 말겠죠.”

쿄코 씨는 조금 전 내 발언에 덮어쓰듯이 그렇게 말했다. 그 말이 맞다.

안이한 대답에 달려들려고 한 이유는 내가 슬슬 제한 시간을 의식하기 시작했기 때문인지도 모른다. 슬슬 오후 4시가 다가오기 시작한다.

타임 리밋까지 남은 시간이 180도를 밑도니 나처럼 소심한 사람은 점점 조바심이 났다. 쿄코 씨에게는 그런 기색이 없지만, 옷 갈아입는 시간도 아끼는 점으로 보아 결코 여유가 있는 것도 아니리라.

본인 말로는 ‘옷을 새로 사게 되면 시간이 걸리니까요’라고 한다. 가장 빠른 탐정답지 않은 발언이지만 뭐, 옷 고르기는 탐정이 아닌 취미의 영역이라서 어쩔 수 없을 것이다.

내가 잘 모를 뿐 쿄코 씨에게도 사생활은 있다는 거다.

“그렇지만 지금 야쿠스케 씨의 반응은 사실 큰 실마리가 될지도 몰라요. 꽤 좋은 부분을 지적했다고 할까요.”

“……? 무슨 말이죠?”

얕은 견식을 펼치고 칭찬을 받아 봤자 복잡한 기분밖에 들지 않는데….

좋은 부분이란 어디일까.

“요컨대, 만약 유언 소녀가 그 유서를 남기지 않고 뛰어내렸다면 세상에서는 그녀의 자살을 그런 식으로 받아들였을 가능성이 높다는 거예요."

"……."

음….

뭐, 그럴지도 모르지만 그게 뭐 어쨌다는 걸까? 그렇게 여겨지는 것에 어떤 문제가….

"모르겠어요? 가령 야쿠스케 씨가 자살했다고 쳐요."

무서운 가정이다.

의기양양하게 무슨 예를 드는 거야, 이 사람.

"그때 '아아, 이 사람은 친구가 없어서 자살했구나. 엄청 촌스럽다'라고 여겨지면 어떻겠어요?"

"어, 엄청 촌스럽다고 여겨지는 건 싫은데요…."

약간 유도신문 같지만 과연, 하고 싶은 말은 알았다.

그런데 실제로 친구 복이 있다고 해도 그것은 질이 그렇다는 이야기로 결코 친구가 많다고는 할 수 없는 내가 뛰어내리거나 하면 그와 비슷한 고민을 안고 있었던 것으로 여겨지리라. 혹은 누명에 시달리다가 결백을 증명하기 위해 스스로 목숨을 끊었다든지, 자칫하면 죄를 깨끗하게 인정하고 자살한 것으로 판단될지도 모른다.

죽은 자는 말이 없다.

자살 동기를 제멋대로 떠드는 걸 막을 순 없다. 그렇다면 명확하게, 라고 하면 이상하지만 진짜 이유가 적힌 유서를 남기고 싶어진다.

어차피 죽을 건데 스스로의 명예를 지키는 일에 얼마만큼의 의미가 있는지는 모르겠지만, 자살하는 마당이면 이미 그 정도 밖에 지킬 게 없다고도 할 수 있다.

"다 큰 어른인 야쿠스케 씨라도 그렇게 생각하는데 예민한 10대 소녀라면 한층 더 강하게, 한층 더 굳건히 그렇게 생각하지 않을까요? 학교에서 겉돈다고 자살했다는 건 엄청 촌스럽다고 말이에요."

"어, 어쨌든 엄청 촌스럽네요."

그런 가벼운 느낌이 아닐 텐데.

하지만 뭐, 그것이 진짜 이유가 아닌데도 혹시 그런 '누명'을 뒤집어쓴다면 참을 수 없다는 마음은 알겠다.

적어도 나는 친구가 적어서 고민하지는 않는다.

"학교에선 겉도는데 빌딩에서는 떨어졌다고 여겨지는 거라고요. 최악이잖아요."

그건 최악이다.

남의 자살에 대해 적당히 말하다니… 배려가 없기도 하고, 그런 걸 번뜩 떠올리는 쿄코 씨도 참 성격이 어지간하지만, 나를 포함하여 세상이란 그런 것이다.

이해하고 싶어 하는 주제에 이해하기 쉬운 것을 원한다. 중고

생이 자살하면 학교에서 고민이 있었을 거라고 생각한다.

"그렇게 생각해도 거의 빗나가지는 않았지만. 그렇게 여겨지는 쪽은 참을 수 없죠. 사실과 다르면, 아니, 사실 그대로라도 그런 식으로 여겨지고 싶지는 않을 거예요. 사실을 듣는 건 불쾌한 법인걸요."

사실을 밝혀내는 게 생업인 탐정이 이야기하니 꽤 심오한 말이 되었다.

확실히 기만이란 기분 좋은 게 아니고 진실이란 더 기분 좋은 게 아니다. 으음, 그렇다면?

"그렇다면… 유언 소녀가 그런 유서를 남기고 뛰어내린 이유는 멋을 부리기 위해, 폼을 잡고 싶었기 때문이라는 말인가요?"

"그런 해석도 가능하다는 말이에요. 폼 나는 이유로 죽고 싶다는 마음은 그다지 난해한 게 아니잖아요? 명예로운 죽음. 죽는 순간을 꾸미고자 하는 미학은 예로부터 일본에서는 일반적일 거예요."

"무사도란 죽음을 깨닫는 것이다*… 라고는 하죠. 하지만, 뭐… 친구가 없다는 것이 아이에게 있어 부끄러운 일이라는 감각은 이해가 간다 쳐도, 그렇다고 만화의 영향으로 자살한다고 말하는 게 결코 폼 나는 일이라고는…."

※무사도란 죽음을 깨닫는 것이다 : 에도 시대의 하급 사무라이 야마모토 츠네토모의 무사도에 관한 저서 「하가쿠레」에 나오는 구절.

유서에 거짓 내용을 쓴 이유에 '폼을 잡고 싶었다'라는 동기가 있었다면 그것 말고 다른… 아니, 그래도 이해는 안 가려나.

폼 나는 자살의 이유란 게 뭐지?

그런 게 있나?

"진짜 이유로부터 사람들의 시선을 돌리는 것만이 목적이었다면 폼 나는 이유를 고를 필요도 없죠. 오히려 스테레오 타입이면서 세상이 믿어 줄 만한 이유라면 좋다고도 할 수 있어요. 반대로 말해 아무리 폼이 나더라도 열두 살짜리가 작년까지만 해도 초등학생이었던 여자아이가 '저는 이 나라에 변혁을 초래하기 위해 죽는 거예요'라는 내용의 유서를 남기고 죽는다면, 그런 건 아무도 있는 그대로 믿지 않겠죠? 거짓말쟁이로 여겨지고 끝일 거예요."

"그러네요…."

내가 남기더라도 거짓말쟁이로 여겨지고 끝날 만한 유서 내용이다.

"…그렇군요, 그런 점에서 보아 만화의 영향으로 자살했다는 내용이라면 있는 그대로 믿는 데 어려움이 없다고 할까요…."

콘도 씨 말처럼 '너무 납득이 잘 가는' 느낌이다. 관계자인 콘도 씨라면 그 부분에 위화감을 품을 수도 있겠지만, 그런 것도 아니라면 '아, 그렇구나'와 '그럴 수 있지'로 끝나 버릴지도 모른다.

"그렇게 되면… 그렇게 되어 버리면, 후모토 선생님은 정말로 그냥 말려든 셈인데…."

패턴 B였던가 β였던가.

자세한 분류는 잊어버렸지만.

어떤 의미에서는 나보다도 지독하게 사건에 말려들었다.

완전히 희생양이다.

"그런데 그렇게까지 해서 감추고 싶은 유언 소녀의 자살 이유란 무엇일까요. 쿄코 씨가 피부로 느끼기에는, '반에서 겉돈다'라는 건 자살의 직접적인 이유가 아닌가요?"

"아니다… 라고 단정 지을 수 있을 만큼 자신 있게 말할 수는 없지만, 적어도 콘도 씨와 후모토 선생님을 그 이유로 납득시킬 순 없겠죠. 증거가 없을뿐더러 근거도 없으니까요."

그런가.

바꿔 말해서 콘도 씨와 후모토 선생님을 납득시킬 수만 있다면 증거든 근거든 필요 없다고도 할 수 있는데.

하지만 아직 유언 소녀의 성품조차 보일 기미가 없다. 앞으로 고작 여섯 시간 동안 그런 속마음을 파악할 수 있을까.

"성품…이요? 그러네요. 아무도 그녀의 성격은 언급하지 않았어요. 얘기할 수 있을 만큼 그녀의 성격을 아는 아이는 없었던 거겠죠. 뭐, 괜히 아는 척하는 것보다 이 경우에는 그게 더 좋았지만, 그래도 도서실 사서는 흥미로운 분석을 내놓았어요."

라고, 그 순간 쿄코 씨는 말했다.

분석?

확실히 맨 처음 쿄코 씨는 사서가 유언 소녀를 잘 기억하고 있더라고 했지만….

그래도 견해를 내놓을 수 있을 만한 접점이 사서와 한 학생 사이에 있었으리라고는 생각하기 힘든데…. 반에서 겉도는 소녀가 오로지 사서와는 사이좋게 지냈다는 일은 드라마 같지만, 있을 법한 일이 아니기에 드라마 같은 것 아닐까.

아, 그게 아닌가.

장소가 도서실이기 때문에 직접적인 접점이 없어도 되는 것이다. 어쨌거나 그곳은 책을 읽는 장소이자 책을 빌리는 장소이다.

책장을 보면 그 주인이 어떤 인물인지 알아맞힐 수 있다고 한다.

평상시 유언 소녀가 혼자 도서실에서 어떤 책을 읽는지, 그리고 대출 카드에는 어떤 도서명을 기재하는지 알 수 있는 입장의 사서라면 반 친구들보다 그녀의 내면에 깊숙이 파고들 수 있으리라.

독서라는 건 그만큼 사적인 행위이다. 구입하는 도서명이 데이터베이스화되는 게 싫어서 일부러 서점의 포인트 카드를 만들지 않는다는 독서가의 이야기도 들은 적이 있다.

확실히 그 시점에서 유언 소녀를 분석하면 자살 동기에 다가 갈 수 있을지도 모르는데….

"아뇨, 야쿠스케 씨. 그게 아니에요."

"네?"

"왜냐하면 그렇게 되면 결국 책으로부터 영향을 받아 자살로 치달은 것 아니냐는 편견의 다른 형태에 지나지 않잖아요. 독서 가 사적인 것이라는 의견에는 전면적으로 찬성하고, 책장에 꽂 힌 책의 책등을 보면 주인의 캐릭터성이 보인다는 건 흥미로운 시각이라서 친구끼리 하기에 재미있을 것 같긴 하지만, 그거라 면 범죄자의 책장에 꽂힌 책 제목을 이러쿵저러쿵 도마 위에 올 리는 것과 별 차이가 없을 거예요."

으음.

그렇게 말하니 할 말이 없다.

'책의 영향으로 범죄를 저지른다'라는 것과 '범죄자를 사로잡 는 책'이라는 것은 정반대인 듯하면서도 결국 같은 걸 말하는지 도 모른다. 애당초 편견임에는 틀림없으리라.

이런 책장이니까 이런 인물이라고 알아맞히는 건 극단적으로 말해 10월생이니까 어떻다, A형이니까 어떻다, 라는 점술 레벨 의 참고에 지나지 않는다. 상황 증거이기는 하나 움직일 수 없 는 증거는 아니다.

그 책을 어떤 식으로 읽었다거나, 재미있었다거나 시시했다거나, 혹은 샀지만 읽지 않았다거나 하는 것까지는 책장을 보고는 알 수 없으니….

하지만 그렇다면 사서가 유언 소녀를 상대로 한 분석이란 어떤 것일까. 설마 정말로 어른과 아이가 친구로 지냈던 걸까?

"아뇨, 제대로 대화한 적은 거의 없대요. 근데 말이죠, 책 제목이나 책 내용이 아니라 책을 읽는 법, 책을 빌리는 법이 사서로서 무시할 수 없을 만큼 특징적이었다는 거예요."

"……? 하지만 그것도 결국 같은 이야기 아닌가요? 읽는 법이니 빌리는 법이니 하는 건 남한테 민폐를 끼치지 않는 한 자유로운 것으로…."

"유언 소녀는 반드시라고 해도 좋을 만큼 읽는 책, 빌리는 책의 밸런스를 맞추었다나 봐요."

"밸런스? 밸런스라면?"

"새로 들어온 책을 빌릴 때는 오래된 장서를 세트로 빌리고, 사소설私小說을 읽을 때에는 옆에 판타지 소설을 놓아두었다. 시집을 읽은 다음에는 위인전을, SF소설을 읽은 다음에는 비즈니스 서적을, 라이트 노벨을 빌릴 때는 순문학을 같이 빌리고, 추리소설을 읽으면 뒤이어 연애소설을 읽었다고 해요."

"……."

추리소설과 균형을 이루는 것이 연애소설이어도 좋은지 어떤지는 둘째 치고, 밸런스라는 건 그런 의미인가.

"그건, 즉… 독서의 폭이 넓은 아이였다는 뜻인가요?"

"아뇨, 그게 아무리 생각해도 반납일까지 다 읽을 수 있는 양이 아니거든요. 즉, 실제로 빌린 책을 전부 읽는 게 아니라 주위에 그렇게 해석되도록 했다는 게 사서의 분석이에요. 즉, **읽는 책으로 자신이 판단되는 것을 피하고자** 페이크를 건 거죠. 책장을 보면 성격을 알 수 있다는 그 편견에 그녀 나름대로 대책을 세워 두었다고도 할 수 있어요. 더미dummy가 될 책을 빌리고 미끼가 될 책을 읽는다. 사서는 유언 소녀에게서 그런 인상을 받았다고 하네요."

예민한 소년 소녀가 좀 야한 책을 살 때 참고서를 같이 계산대에 내미는 것과 비슷할까요, 라고 쿄코 씨는 좀 저속하다고 할까, 너무나도 알기 쉬운 예시를 밝은 어조로 들었다.

그 예시에 대해 짚이는 바가 없다면 거짓말이 되고, 자신이 어떤 책을 좋아하는지 숨기려는 마음 또한 이해할 수 없다면 거짓말이 된다.

추천 도서는 선뜻 남에게 가르쳐 줄 수 있는 것이 아니며, '그런 책을 좋아하는 사람'이라는 편견에 노출되는 일은, 어쩌면 진짜 좋아하기 때문에야말로, 가끔은 누명을 뒤집어쓰는 일보다 불쾌하게 느껴지는 법이다.

A를 읽을 때는 역逆 A를.

B를 읽을 때는 역 B를.

아마 그것은 독서에 한한 경향도 아닐 것이다. 그렇게 확신될 만큼 자칫 병적이라고도 할 수 있는, 비로소 눈에 보인 유언 소녀의 개성다운 개성이었다.

적어도 그대로 베낀 유서보다는 열두 살 소녀를 훨씬 적확하게 표현한다고 할 수 있는 에피소드이다.

어느 날 낙하하는 그녀를 내 몸으로 받아 놓고서, 나는 이제야 새삼 유언 소녀와 대면한 것 같은 기분이었다.

페이크를 건 사실이 들통나 있었다는 건 어쩐지 더 부끄러운 것도 같지만… 그 부분은 뭐, 프로의 눈은 속일 수 없다는 건가.

나라면 그저 다양한 책을 읽는 아이라고 생각했을 것이다. 멋지게 걸려들 게 틀림없다.

"과연. 사서의 분석은 알았는데요, 쿄코 씨. 그렇다는 건 즉… 무슨 뜻이 되는 걸까요?"

"네, 야쿠스케 씨. 그렇다는 건 즉, 유언 소녀는 분석당하는 일이나 속마음을 파악당하는 일을 굉장히 싫어하는 성격이며, 가능한 한 스스로를 숨기고 싶어 하는 성품이라고 추측할 수 있다는 뜻이 돼요."

그것은 오늘 밤 10시까지 그녀가 자살한 진짜 이유를 파악하고자 하는 탐정에게는 별로 바람직하다고는 할 수 없는 성격이었다.

4

그 후, 내 몸을 부축하며 목적지에 도착한 쿄코 씨였으나 사카세자카 댁 사람은 집에 없었다.

잠시 집을 비웠다기보다 아무도 안 사는 분위기다.

아직 초저녁인데 단독 주택의 모든 방에 덧문이 닫혀 있었고, 우편함에서 비어져 나온 신문의 양을 보면 한동안 아무도 집에 돌아오지 않았으리라는 사실은 탐정이 아니어도 추리할 수 있었다.

매스컴의 취재를 피하고자 어디 친척 집에라도 몸을 의탁 중이라고 봐야 할 것인가…. 그때는 단순히 그런 식으로 생각한 정도였으나, 뒤이어 유언 소녀가 입원한 병원으로 가 보니 단지 그뿐만도 아닌 듯했다.

아직 유언 소녀가 의식불명 중태에 빠져 있음을 생각하면 현재 어디에 거처를 두고 있든 입원 중인 그녀의 옆을 지키고 있을 가족에게서 이야기를 들을 수 있으리라는 계산은, 쿄코 씨가 간호사에게서 알아낸,

"가족은 한 번도 병문안을 오지 않았다고 해요. 입원한 첫날부터 지금까지."

라는 정보로 박살이 났다.

세일러복을 입은 점을 이용해서 소녀의 친구인 척(즉, 여중생

인 척) 행세하여 간호사로부디 교묘하게 증언을 얻이 내는, 분명 도서실 사서를 상대로도 발휘했을 쿄코 씨의 수완(직업의식)은 훌륭했으나, 아무래도 유언 소녀의 가정환경은 빈말로도 좋다고는 할 수 없는 모양이었다.

그리고 그 사실이 자살 동기로 여겨지는 것 또한 열두 살 소녀에게는 참기 힘든 편견이었음에 틀림없으리라.

아무튼 의식불명의 유언 소녀는 면회 사절이었기 때문에 세일러복의 탐정과 만신창이의 피해자는 그녀를 만날 수 없었다.

대면했다고 생각했던 소녀는 사실 아직 그 그림자조차 보여주지 않았는지도 모른다.

오키테가미 쿄코의

유언서

제 7 장

재방문하는 카쿠시다테 야쿠스케

1

"야쿠스케 씨. 제 옷을 사다 주실 수 있을까요?"

소녀의 자택에 이어 입원 중인 병원까지, 두 번 연속으로 고배를 맛본 쿄코 씨는 잠시 발걸음을 멈추었다. 병원 로비에서 구입한 블랙 캔 커피를 한동안 말없이 마시는가 싶더니 느닷없이 내게 그런 말을 건넸다.

"여기는 조금 큰 병원이잖아요. 부탁하면 야쿠스케 씨의 사이즈에 맞는 목발도 빌릴 수 있을 것 같아요. 그러니, 부탁드려도 될까요?"

"아, 네⋯."

확실히 이 규모의 병원이라면 내게 딱 맞는 목발도 있을지 모른다. 하지만 솔직히 말해서 그 요청은 영문을 알 수 없었다.

옷?

"계속 세일러복으로 있을 순 없잖아요. 불행 중 다행이라는 말은 하지 않겠지만 잇따라 고배를 마셔 여분의 시간이 생겼으니까. 옷을 갈아입을까 해요."

점점 평상복처럼 보이기 시작했는데, 듣고 보니 그 말이 맞다.

역시 밤 10시에 세일러복 차림으로 콘도 씨를 만나러 갈 수는 없으리라. 쿄코 씨는 내일이 되면 잊고 그만일지 모르지만 난 평생 콘도 씨에게 놀림받아야 한다.

타임 리밋이 네 시간도 안 남은 이 상황에서, 여유가 있는지 없는지 어쨌든 간에 조사 쪽은 난관에 부딪친 감이 있으니 기분을 전환하는 의미에서도 여기서 옷을 갈아입는다는 건 괜찮은 생각일 수도 있다.

그런데, 왜 내가 사러 가는 거지? 쿄코 씨의 '부탁'은 나 혼자 사 왔으면 한다는 뉘앙스인데… 쿄코 씨의 옷이니 쿄코 씨가 골라야 되는 거 아닌가?

"그런 말씀 마시고 부탁해요. 야쿠스케 씨의 센스여도 상관없으니 부디 저를 장난감으로 취급해 주세요."

압박을 가하면 어쩌자는 건지.

같은 옷을 두 번 입은 적이 없다는 소문이 돌 만큼 패셔너블한 쿄코 씨를 옷 갈아입히기 인형으로 취급하다니, 내게는 짐이 너무 무겁다…. 그런 일을 여중생처럼 천진난만하게 하기란 불가능하다.

내가 아는 범위의 패션이라면 겹치지 않도록 신경을 쓰는 게 고작이리라…. 확실히 쿄코 씨가 직접 사러 가는 게 낫다.

"아뇨, 그 사이에 저는 저대로 해 두고 싶은 일이 있어서요. 약간의 사적인 일이라고 할까, 볼일이라고 할까. 한 시간 후에 유언 소녀가 뛰어내린 복합빌딩의 옥상에서 만나기로 하면 어떨까요."

다시 개별 행동이라는 건가.

쿄코 씨는 무언가 다른 것이라도 사러 가려는 걸까. 사적인 일이라니 깊이 캐묻기는 힘들다.

패셔니스트인 쿄코 씨가 옷 고르기를 남에게 맡기는 이상 그 한 시간 동안 하려는 것이 결코 완전한 사적인 일은 아니겠지만… 어째서 복합빌딩의 옥상에서 집합인지를 모르겠다.

현장 검증은 오전 중에 이미 끝나지 않았나?

내게는 갓 퇴직한 헌책방을 방문하는 거나 마찬가지라서 솔직히 같은 날 또 가는 건 내키지가 않는데….

"아뇨, 현장에 백 번은 가 보라고 하잖아요. 난관에 부딪쳤을 때 현장에 되돌아가는 건 수사의 철칙이에요."

탐정이라기보다 이제는 형사 같은 말을 꺼내는 쿄코 씨였다. 다만, 내 전 직장이기도 한 복합빌딩을 단순한 생각에서 재방문하려는 건 아닌 모양인지,

"신경 쓰였던 게 있거든요. 어디선가 그에 관한 증언을 얻을 수 있지 않을까 기대했는데."

재방문을 시도하는 이유를 설명했다.

"처음부터 가졌던 의문은 어째서 유언 소녀는 그 빌딩에서 뛰어내렸느냐예요."

"……? 그게, 그 점은 줄곧 논의해 온 것 아닌가요? 뛰어내린 진짜 이유를, 우리는 조사하고 있는 셈이고…."

"그게 아니라. 어째서 뛰어내린 곳이 그 빌딩이었느냐, 그 말

이에요."

단어 순서만 바꾸었을 뿐…이 아니구나.

하지만 한 번 논쟁을 벌였던 사안 같다.

주위에는 다른 빌딩도 있었지만 5층짜리나 6층짜리 빌딩뿐이라서 확실히 죽을 수 있는 높이의 빌딩은 해당 빌딩뿐이었기 때문에.

다름 아닌 현장에서 그런 이야기를 한 기억이 있다.

"그게 아니라요. 확실히 그 빌딩은 그 주변에서는 가장 높은 빌딩이었지만, 다른 구역에 가면 더 높은 빌딩도 있잖아요? 10층 이상의 빌딩에서 뛰어내렸으면 통행인이 있든 트램펄린이 설치되어 있든 상관없이 죽을 수 있었을 거라고요. 7층짜리란, 그런 의미에서는 어중간하죠."

"……."

상대적으로는 그런 셈이 되나.

"덧붙이자면, 중학교에 잠입했을 때 저는 이야기를 듣기 위해 당연하지만 학교 건물 안을 돌아보고 온 셈인데요, 10층까지는 아니지만, 아무래도 학교 시설이다 보니 각 층의 천장이 높고 건물도 충분한 높이가 있었어요. 뛰어내려 죽기에는 충분한 높이가 말이죠."

유언 소녀는 확실히 죽을 수 있는 높이의 빌딩을 선택했다고 생각했는데, 시야를 넓혀 상대적으로 보니… 어중간하다.

거기까지 들으니 나로서도 쿄코 씨가 하려는 말이 무엇인지 알 수 있었다. 내가 아까 떠올릴 뻔했던 생각은 그것이었나. 어째서 유언 소녀는 '교내에서' 뛰어내리지 않았는가 하는… 물론 중학생은 통학 중인 학교 건물의 옥상이 아니면 뛰어내려선 안 된다는 건 상투적인 템플릿에 지나지 않는다.

어디에서 뛰어내리든 자유이다.

어디에서 뛰어내리든 자살이다.

그렇지만 그런 식으로 재차 의문이 제기되니, 어째서 가까운 학교 건물도 10층짜리 빌딩도 아닌, 다른 어디도 아닌 그 복합 빌딩을 투신 장소로 선택했는지 이상하기는 하다.

그러지 않았으면 내가 이렇게 두 곳에 골절상을 입는 일도 없었을 테니 남의 일이 아니다….

"유언 소녀가 그 빌딩에서 뛰어내린 이유가, 뭔가 있다면… 그것이 그녀의 자살 이유와 거의 같을 가능성도 부정할 수 없어요. 그래서 틀림없이, 계속 조사를 해 나가는 사이에 유언 소녀가 그 빌딩을 선택한 이유가 머릿속에 떠오를 줄 알았는데 어째서인지, 머릿속을 스치지도 않았거든요."

그래서 현장으로 되돌아갈까 해요, 라고 말하는 쿄코 씨. 뭐, 그렇다면 이의는 없다. 빌딩 관계자에게 물어보면 뭔가 알 수 있는 것도 있을지 모른다.

"과거에 그 빌딩에서 뛰어내린 유명인이 있어서 그 인물로부터 영향을 받았다는 등의 스토리가 있으면 강력한 가설은 되겠죠. 그러니까 야쿠스케 씨, 혹시 괜찮다면 말인데요, 만나기 전에 야쿠스케 씨가 근무하셨다던 고서점의 점주님에게 물어봐 주실 수 있을까요?"

추가 요청으로서는 지나치게 어렵다.

퇴직한 점원의 행동으로서는 너무 뻔뻔스럽다.

"그 가게, 저녁 무렵에는 문을 닫아서 점주님은 이미 퇴근하셨을 것 같은데요… 집 전화번호는 모르고."

"그래요? 상당히 빨리 닫네요. 전통 있는 헌책방이라서 그런 걸까요? 뭐, 그럼 그런 걸로 하죠."

허둥지둥 대꾸한 말에 그리 낙담한 기색도 없이 쿄코 씨는 어깨를 으쓱하고 "그럼, 제 옷만, 아무쪼록 잘 부탁드려요."라고 말했다.

그 부탁만으로도 충분히 부담스러웠지만 너무 저항하면 역으로 추가 사항이 늘어날지도 모른다고 판단하여, 나는 승낙하기로 했다.

뭐, 말은 그렇게 해도 얻기 힘든 기회다.

본인의 허락을 받아 내 맘에 드는 옷을 쿄코 씨에게 입힐 수 있는 찬스란 그리 자주 있는 게 아니다. 어라?

"저, 저기, 쿄코 씨?"

"왜 그러시죠?"

지침이 결정되자마자 곧바로 병원 로비에서 움직이기 시작하려는 쿄코 씨를, 나는 황급히 붙잡고 가까스로 깨달은 것을 질문했다.

"옷을 사는 건 좋은데… 그게, 아직 구입을 위한 대금을 못 받았는데요."

"네?"

쿄코 씨는 어리둥절해했다.

"제 옷인데, 제가 돈을 내나요?"

2

센스는 그렇다 치고, 쿄코 씨의 옷을 살 때 주의해야 할 점은 긴소매를 골라야 한다는 점이다. 바지로 하든 스커트로 하든 기장이 발목까지 오는 것을 고르는 게 바람직하다.

왜냐하면 자신의 몸을 최소한의 메모장으로 사용할 때가 있는 망각 탐정이므로 패션은 멋인 동시에 그것을 가리기 위한 커버 시트의 역할도 하기 때문이다. 뭐, 그런 기준이 있다면 쇼핑에 그리 많은 시간을 소요할 필요도 없다.

특별히 그런 요청을 받은 건 아니므로 슬리브리스나 퀼로트 같은 것도 신선하겠지만, 그로 인해 취향을 의심받아도 낭패다. 비록 시시한 놈으로 보일지라도 여기서는 무난하게, 깊이 생각하지 말고 눈에 띈 상하의를 재빨리 사 버리는 게 정석이리라.

그런 이유로, 부탁받은 심부름에는 그리 시간이 걸리지 않았으나, 그런 생각을 하면서 산 터라 쿄코 씨의 오른쪽 다리에 적혀 있던 문장을 떠올리지 않을 수 없었다.

'자살이 아니었다면?'

…제법 핵심이 된다고 할까, 이 사건을 조사하는 데 있어 개요가 뿌리부터 뒤집힐 만한 관점이라고 생각하는데, 지금에 이르도록 쿄코 씨는 그 가능성을 제시하려는 낌새를 보이지 않는다.

사쿠소샤의 회의실에서는, 콘도 씨와 후모토 선생님, 토리무라 씨 앞에서는 아직 전개하면 안 되는 레벨의 가설이었기 때문인지도 모르지만, 사태가 이 단계에 이르렀는데도 여태껏 동행자인 나에게조차 그것을 말하지 않았다는 건 어쩐지 부자연스럽다.

낮 동안 한 번은 가능성을 검토해 보았으나 조사를 진행해 가는 과정에서 그 가설은 파기된 것일까…. 뭐, 열두 살 소녀가 의도적으로 살해당했다는 건 하도 황당무계해서 있을 것 같지도 않은 일이지만.

합류하면 마음을 굳게 먹고 쿄코 씨에게 한 번 그 점을 넌지시 물어볼까…. 물론 허벅지 안쪽의 글자가 보였다는 건 덮어 두고서 마치 스스로 떠올린 가설인 것처럼 행동하는 정도의 연기력은 발휘해야겠지만.

그런데, 그 순간 나는 또 깨달았다.

얼떨결에 쇼핑을 부탁받아 덜컥 개별 행동을 취하고 말았는데 약속 장소가 복합빌딩의 옥상이라니 너무나도 위험하다.

오전에도 혼자 먼저 올려 보냈더니 놀랍게도 그 사람은 울타리를 타고 넘어 유언 소녀의 체험을 공유하고 있었다. 지금 이 순간 또 그것을 되풀이하고 있지 않을 거라는 보장은 없다.

그것이 가장 빠른 탐정이 내는 속도의 요인 중 하나이기는 하나, 그 사람은 탐정 활동이 되었다 하면 눈에 뵈는 게 없다고 할까, 앞뒤 가리지 않는다고 할까, 위험을 돌아보지 않는 면이 있다.

합류하려고 빌딩에 접근하다가 낙하하는 쿄코 씨를 목격한다는, 상상도 하고 싶지 않은 전개 또한 절대로 없다고는 할 수 없다. 그렇게 되었을 때 적어도 낙하지점에 미끄러져 들어갈 수 있도록은 하자며, 나는 병원에서 빌린 목발을 내 몸의 일부처럼 사용하여 복합빌딩으로 서둘러 향했다.

3

결론부터 말하면 내 걱정은 기우로 끝났다. 역시 합류 지점에는 가장 빠른 탐정인 쿄코 씨보다 먼저 도착할 수 없었으나, 그녀도 이제 막 도착했는지 빛이 완전히 사라진 복합빌딩의 옥상에서 부츠를 벗었다가 도로 신었다가 하는 단계였다.

"아, 야쿠스케 씨. 감사합니다."

내 손에 들린 짐을 보고 쿄코 씨는 기쁜 듯 달려왔다. 한시라도 빨리 세일러복을 갈아입고 싶은 건지도 모른다.

유언 소녀의 행동을 추적한다는 의미에서는 부츠를 벗거나 하는 일보다도 그쪽이 훨씬 그럴싸하다고 말하지 못할 건 아닌데.

"우와~ 기대된다~ 야쿠스케 씨의 센스. 어떤 걸 입을 수 있을까요."

"절대 기대에는 부응하지 못할 것 같은데… 더 이상 압박을 가하지 마세요. 으음, 쿄코 씨는 어땠어요?"

"네? 저요?"

"그, 사적인 일이라든가 볼일이 있다고 하셨잖아요."

"아아…."

하더니 순간 쿄코 씨는 애매하다고 할까, 복잡한 미소를 지었다. 여중생이 짓기에는 깊이 있는 표정이다.

"그야 좋았다고는 도저히 말할 수 없겠네요. 거의 헛수고예요. 무의미했어요."

"……? 사적인 일에 헛수고라는 게 있나요?"

"사적인 일이란 건 거짓말이에요. 실은 혼자 조사하러 갔었어요."

전혀 미안해하지 않는 태도로 쿄코 씨는 말했다. 아니, 뭐. 그럴 거라는 예상도 했는데.

어쩐지 흐름상 같이 다니고 있긴 하지만 나는 오키테가미 탐정 사무소의 직원도 아니고 왓슨 역도 아니다. 내가 동행하지 말았으면 하는 장소와 몰랐으면 하는 정보망도 있을 게 틀림없다. 그런 식으로 쿄코 씨와의 어려운 거리감을 어떻게든 정립하려고 하는데,

"실은 사카세자카 댁에 되돌아갔었어요."

라고 쿄코 씨는 선뜻 가르쳐 주었다.

엇… 이 복합빌딩을 재방문하기 전에 유언 소녀의 집도 재방문했단 말인가?

확실히 밤이 되면 누군가가 돌아와 있을지도 모른다는 가능성을 고려하면 그 재방문도 헛수고는 아닐지도 모르지만… 그렇다면 그것은, 그 정도라면 그렇다고 사전에 가르쳐 주었어도 괜찮은 것 아닌가?

이미 한 번 함께 방문한 장소니까.

"네, 하지만 역시 이제는 야쿠스케 씨도 슬슬 말려드는 일에 질리지 않았을까 싶어서…."

"말려들어요…?"

뭐, 물론 질렸지만.

발단부터 말려들었으니까. 그렇지만 새삼 유언 소녀의 집에 재방문하는 정도를 말려들었다고 생각하진 않는데? 갈아입을

옷을 입수하기 위해서 역할 분담을 할 필요가 있었다고 해도….

"그야 미리 가르쳐 주면 공범이 되어 버리니까요."

"고, 공범?"

"부재중을 틈타 가볍게 불법 침입을 하고 왔어요."

가벼운 불법 침입이란 없다.

탐정의 완전한 위법 행위다. 물론 말할 수 없었다.

덧문으로 밀폐된 단독 주택에 어떻게 침입하고 왔는지는 미스터리였지만, 그렇다면 그 행동을 비밀리에 하는 건 당연했다.

여학교에 쳐들어가는 것과는 상황이 다르다, 역시 못 하게 말렸을 테고… 쿄코 씨 입장에서는 나 같은 거구의 소유자가 동행하면 불법 침입의 난이도가 껑충 뛰어오른다는 사정도 있었으리라.

내게 옷을 사 오라고 한 이유는, 세일러복을 도저히 참을 수 없다는 사적인 이유는 둘째 치고 위법 수사를 목격당하지 않기 위함이었던 것… 거리감이 아니라 죄책감의 문제였나.

뭐, 어차피 내일이 되면 잊어버릴 죄책감 따위, 망각 탐정은 털끝만큼도 느끼지 않는 기색이지만….

"유언 소녀가 어떤 집에서 살고 있었는지, 어떤 방에서 지내고 있는지 조사할까 해서요. 가족분의 말씀을 듣는 건 무리여도 유언 소녀의 책장 정도는 봐 두고 싶었어요."

어라, 아까와는 말이 다르다.

바로 그 소녀의 집을 방문하러 가던 길에 나와 쿄코 씨는 책장의 책으로 사람의 성격을 가늠하거나 해선 안 된다는 이야기를 했을 텐데….

"양쪽의 관점을 다 가지는 게 중요하니까요."

해맑게 그런 소리를 하는 쿄코 씨. 그 급격한 변화는 좀 그렇지만… 뭐, 그건 그런가.

그 또한 밸런스 감각.

긍정과 부정을 동시에 할 수 있는 재치는 탐정 활동에 필수라고까지는 할 수 없어도 써먹기는 좋을 것이다.

어쨌거나 그 부분을 나무라도 어쩔 수 없다.

빌딩 옥상에서 낙하하는 쿄코 씨를 목격하는 것보다는 그녀의 위법 행위를 간과하는 것이 그나마 낫다고 생각하자…. 정말이지 모든 방면에서 위태위태한 탐정이다.

"그럼… 그렇게 발을 깊이 들인 이상, 당연히 성과는 있었겠죠?"

발을 깊이 들였다고 할까 잘못 들였다고 할까… 만약에 누가 신고라도 했다면 세일러복을 입은 성인 여성이 아무도 없는 집에 숨어드는 사건이 발생했을 테니, 그런 리스크를 무릅쓴 만큼 그에 필적하는 성과가 없으면 채산이 안 맞는다.

하지만 그건 다소 제멋대로 한 생각이었던 듯,

"공교롭게도 위에 말했듯이 헛수고였어요. 유언 소녀의 방에는 책장이 없었어요. 아무래도 책은 버리는 주의였나 봐요."

라며 쿄코 씨는 그다지 낙담한 기색도 보이지 않고 어깨를 으쓱했다.

위에 말했듯이, 라고 해도.

역시 범죄는 계산이 안 맞는 거로구나… 착실한 수사가 제일인가.

굳이 말하자면 '책을 버린다'라는 건 방에 독서 이력을 남기지 않는다는 것이기도 하니, 속마음을 파악당하고 싶지 않다는 유언 소녀의 성격은 그 사실로 더 강하게 뒷받침되는지도 모른다.

그 정보는 이제 솔직히 필요가 없을 정도인데….

"큰일났네요. 옥상에 오르기 전에 이 빌딩의 내부 쪽도 한 바퀴 빙 둘러보았는데 특별히 눈에 띄는 발견은 없었어요. 난관에 부딪쳤다고 할까요…. 이로써 정말 할 일이 사라져 버렸어요. 어쩌면 좋을까요."

그렇게 말하고, 어느 사이엔가 완전히 어두워진 하늘을 올려다보는 쿄코 씨.

현재 시각은 밤 7시. 타임 리밋까지 아직 세 시간이 남았지만 투 두to do 쪽이 사라져 버리다니, 정말 얄궂은 일이다. 세 시간이 있으면 가장 빠른 탐정인 쿄코 씨에게는 그에 상응하는 행동량을 기대할 수 있는데….

"비가 오기를 기다리기도 했는데, 앞으로 세 시간이면 거의 가망이 없을까요?"

하늘을 올려다본 채 쿄코 씨는 불쑥 말했다.

별하늘을 보고 기분이 센티멘털해져 있었던 게 아니라 단순히 구름 상태를 보고 있었던 모양이다. 비? 아아, 그러고 보니 사건 당일에는 비가 왔었다. 보도에서는 '당일 날씨' 같은 것이 언급되지 않았겠지만 신문에는 날씨 코너가 있다. 쿄코 씨는 그 코너를 보았으리라.

예리하다고 할까… 빈틈이 없다.

이왕 하는 재현이니 거기까지 철저히 하고 싶다는 마음이었을까. 기후를 조종하는 명탐정이라면 역시 내 휴대전화에는 등록되어 있지 않은데.

"네, 물론 터무니없는 소리를 한다고 생각하지만… 그래도 신경은 쓰이거든요. 어째서 유언 소녀는 비 오는 날을 선택했는지 말이에요."

"……? …그건, 죽으려고 생각한 날에 우연히 비가 내렸을 뿐인 게 아닌지…."

"그럴까요? 제가 그 울타리를 직접 타고 넘어 봐서 아는데요, 비가 내리면 다리가 미끄러지기 쉬워 매우 위험하거든요."

그것은 울타리를 타고 넘어 보지 않아도 알 수 있다.

이제부터 죽으려는 참에 발밑 상황이 나쁜 것쯤은, 하물며 이제부터 뛰어내리려는 판에는 더더욱 신경 쓰이지 않을 것 같지만, 그래도 신경을 써 보니 신경이 쓰이기도 한다.

미끄러져서 떨어지는 것과 스스로 뛰어내리는 것은 의미가 전혀 다르고, 현장에 비옷이나 우산이 남아 있었다는 정보는 없었기 때문에 왠지 모르게 '흠뻑 젖은 여자아이가 빗속에서 스스로 죽음을 택하다'라는 것이 장면 설정으로서는 자연스러운 느낌이었는데, 그것도 드라마투르기*에 기초한 억측인가?

이 복합빌딩을 선택한 이유. 그리고 비 오는 날을 선택한 이유.

갑작스러운 비였으니 '왠지 모르게'로 해결될 듯한 세부 사항이기는 하지만.

"네. 확실히 『치체로네』 작중에도 '우산을 결코 쓰지 않는 남자'가 등장하고 빗속의 자살도 묘사되어 있어요. 그것을 따라 했을 뿐이라면 그렇다는 걸 확인하고 싶었는데. 하지만 비를 기다리는 건 안 되겠네요."

라고 말하는 쿄코 씨.

"이렇게 되면 이제 유언 소녀의 자살 동기를 파악하는 것보다도 어떻게든 후모토 선생님을 구슬릴 방법을 생각하는 데 주력하는 편이 좋을지도 모르겠네요…."

쿄코 씨가 그런 현실적인 방향으로 사고를 전환하려 하는 것

※드라마투르기(dramaturgie) : 희곡을 짓는 법. 오늘날에는 연극론, 연극술, 연출법, 극평을 이르기도 한다.

을 보면 정말로 난관에 부딪힌 상황이리라. 몸 둘 바를 모르겠지만 어쩔 수 없다. 쿄코 씨는 결코 초인이 아니고, 또 만능 탐정이 아니니까.

할 수 없는 걸 할 수는 없다.

그렇다고 내가 여기서 휴대전화에 등록되어 있는 다른 탐정에게 전화를 거는 것도 좀 아닌 것 같고… 음.

그렇다, 그 메모다.

'자살이 아니었다면?'이라는, 쿄코 씨의 오른쪽 다리에 쓰여 있던 비망록. 그에 대해 결국 일절 언급하지 않은 채, 쿄코 씨는 난관에 부딪쳤음을 선언했다.

그렇다면 역시 그것은 떠올리기는 했으나 검토 결과 이미 부정한 가설이었단 말인가. 그렇지만 망각 탐정이 일부러 몸에 썼을 만한 기록이 한 번도 화제에 오르지 않았다는 것도 이상한 일이다.

아무튼 간에 물어보면 알 수 있는 일이다.

쿄코 씨가 어째서 살인 사건의 가능성을 검토했으며 어떤 식으로 그것을 부정했는지….

"저어, 쿄코 씨. 저, 지금 막 문득 떠올랐는데 유언 소녀는 스스로 뛰어내린 게 아니라 누군가에게 밀려 떨어진 것이라는 가능성은 없을까요? 즉, 자살이 아니라 살인 사건일 가능성…."

"네?"

내 말에 쿄코 씨는 옷 대금이 부당하게 청구되었을 때만큼은 아니지만 눈살을 찌푸려 살짝 의아한 얼굴을 했다.

어라?

"어머, 그건 아니죠, 야쿠스케 씨. 자살로 꾸민 살인 사건이라니, 그거, 추리소설을 너무 많이 읽은 것 아니에요?"

탐정에게 들을 소리는 아니다.

"과연, 발상으로서는 재미있네요. 단, 증거가 있다면 말이지만. 어쩜 야쿠스케 씨, 당신, 추리소설 작가가 될 수 있겠어요."

해결 편에서 범인이 할 듯한 말이 나왔다… 아니, 추리소설 작가가 될 수 있으면 되고 싶지만, 어라, 이상하네.

쿄코 씨가 전혀 호응하지 않는다.

"야쿠스케 씨. 진지하게 말해서 그 부분은 경찰이 꼼꼼하게 수사해 주셨을 거라고 생각해요. 더 손이 가는 방법의 자살이라면 몰라도 뛰어내린다는 건 꽤 원시적이라고 할까, 심플한 방법이니까 거의 조작의 여지는 없다고 생각해요. 이 옥상에 유언 소녀 말고도 또 누가 있었다면 그 흔적이 남지 않았을 리 없어요. 더군다나 다툰 흔적이라면."

"…으, 으음."

나는 쩔쩔맸다.

아니, 뭐, 현실적으로는 그럴 것이다.

밀려 떨어졌다면 유언 소녀가 저항하지 않았을 리 없고… 곧장 큰 소동으로 번졌을 테니 범인이 있었다면 빌딩 안에서 달아날 수 있었을 리가 없다.

"하, 하지만, 그렇다면 쿄코 씨가 오른쪽 허벅지 안쪽에 써 둔 메모는 뭐였는… 앗."

앗, 이 아니다.

나 자신도 내 연기력의 취약함에 현기증이 날 지경이었다. 나쁜 짓도 안 했는데 뭐 하나 제대로 되지 않는 내 인생의 나쁜 채산성은 대체 무엇인가 생각할 겨를도 없이.

"……."

하며, 쿄코 씨는 순간 행동을 개시했다.

무언중에 칠흑빛 세일러복의 플리츠스커트를 세차게 걷어 올려 자신의 오른쪽 다리를 훤히 드러내었다. 새하얀 허벅지가 노출된다.

그러나 보이는 범위에 글자는 없다.

당연하다, 그것은 울타리를 타서 넘으려고 제법 무리한 자세를 하고 있을 때 가까스로 보인 글자니까.

"야쿠스케 씨. 기사가 공주를 모시듯이 거기 웅크려 줄 수 있나요?"

부탁치고는 굉장한 말투였지만 지금 난 반대할 수 있는 입장이 아니었다. 시키는 대로 자신의 거구를 말듯이 나는 그 자리에 쭈그려 앉았다.

내게 무엇을 하려나 했는데,

"실례."

하더니 쿄코 씨는 드러난 오른쪽 다리를 휙 들어서 내 왼쪽 어깨 위에 아킬레스건을 얹었다.

발레리나 같은 동작이었다.

쭈그렸다고는 하나 내 몸이라서 어깨도 그럭저럭 높이가 있었는데… 고관절의 유연함도 발레리나 급인 모양이다.

경박함으로 말하자면 울타리를 타고 넘는 것보다 훨씬 경박한 구도였지만, 다리 끝까지 걷어 올리고도 야무지게 스커트를 눌러 속옷은 드러내지 않는 수완 덕분에 간신히 고상함을 유지 중이라고 말할 수 없는 것도 아니다.

너무 특이해서 분노의 표명인지 뭔지 좀처럼 알 수 없는 행동이었지만, 어쨌거나 흡사 스트레칭 동작의 Y자 밸런스처럼 그런 식으로 오른쪽 다리를 높이 들어 올린 채 고정함으로써 쿄코 씨의 허벅지 안쪽은 바깥 세상에 노출되었다. 쿄코 씨의 반응이 너무 둔해서 그것은 내가 잘못 본 거였나 하는 생각마저 들기 시작했었는데 이럴 수가, 거기에는 낮에 본 대로 쿄코 씨 자신의 필적으로 '자살이 아니었다면?'이라고 쓰여 있었다.

엉뚱한 소리를 한 게 아니었다는 사실에 나는 몹시 안도했지만, 쿄코 씨로 말할 것 같으면 자신의 몸과 자신의 필적인데도 "어? 어?" 하며 엄청나게 놀란 기색이었다.

어째서 자기 다리에 그런 메모가 쓰여 있는지 짚이는 바가 전혀 없어 보인다. 드물게 당황한 어조로 내게 물었다.

"뭐, 뭐예요, 이거? 야쿠스케 씨가 썼나요?"

"터, 터무니없는 소리 하지 마세요."

필적에 대해서는 접어 두더라도 쿄코 씨에게 들키지 않고 그런 곳에 글자를 쓰는 건 불가능하다.

"그, 그럼 도대체 누가…."

"누가라니… 쿄코 씨가 썼겠죠. 그게, 쿄코 씨는 만일의 경우를 위해 자신의 몸에 메모를 하시잖습니까…."

나는 바로 최근까지도 몰랐던 사실이지만 망각 탐정으로서는 비밀이라고 할 만한 일이 아니다. 언제 기억을 잃을지 알 수 없다는 불안정감이 있는 쿄코 씨에게는 오히려 필연적인 행동이니까.

"그렇지만 저는 이런 거 쓰지 않았어요. 저, 유언 소녀가 자살이 아닐지도 모른다고는 한 번도 생각한 적 없거든요."

"그, 그래요…?"

틀림없이 낮에 이 빌딩에서 개별 행동을 취하던 중에 누군가로부터 펜을 빌려 썼을 거라고 생각했는데….

쓴 사실을 잊었나?

아니, 적어도 병실에서 나를 만난 이후로 쿄코 씨의 기억은 일관적이었다. 전철 안에서는 위험한 낌새가 있었지만 결국 한 번도 잠들지는 않았다.

예습한 내용도 조사한 내용도 잊지 않았다. 개별 행동을 취하는 사이 잠들었다는 것도 생각할 수 없다.

그럼, 이건 도대체 어떻게 된 거지?

망각 탐정에게 여러 번 의뢰했음에도 처음 체험하는 이 전개에 어쩔 수 없이 내가 혼란스러워하자,

"아."

하고, 여기서는 쿄코 씨가 탐정으로서의 그 대단한 추리력을 발휘하여 사태의 진상에 다다랐다. 아니.

망각 탐정으로서 이런 불찰은 없었으리라.

"이거, 혹시 이전 사건의…?"

4

어제 쿄코 씨가 어떤 사건을 해결하고 왔는지 나는 모른다. 단, 본인의 말과는 다르게 다소 수면 부족인 듯했던 모습으로 판단하건대 꽤 난해한 사건을 맡지 않았을까 추측할 수 있다.

밤이 깊어지면 깜박 잠이 들어서 기억을 잃을 리스크도 높아지므로, 이번 사건과는 달리 몸에 메모를 하는 전개가 있었으리라.

그 메모가 도움이 되었는지 어떤지는 둘째 치고 당연히 사건

이 해결되면 쓸모없어진 메모는 욕실에서 지워지게 되겠지만, 쓰인 메모의 위치에 따라서는 만에 하나, 그 메모가 다음 날로 넘어가는 경우도 있을지 모른다.

'자살이 아니었다면?'

…의미가 통하지 않는 것도 당연하다.

이 메모는 어제의 쿄코 씨가 어제의 사건을 해결하기 위해 남긴 메모였으니까. 따라서 유언 소녀는커녕 이번 사건과도 물론 일절 무관하다….

"평생의 불찰이에요… 부끄러워라."

그렇게 말하고 쿄코 씨는 한 손으로 백발의 머리를 감싸 쥐듯이 했다.

묵비의무를 엄수한다는 망각 탐정으로서 다른 사건의 메모를 다음 날까지 남겨 둔다는 것은 그녀 안에서는 있어선 안 되는 일이리라. 물론 비망록을 남길 때에도 주의는 기울이므로 '자살이 아니었다면?'이라는 그 단적인 글귀만 읽어서는 어제 사건의 개요를 파악할 도리가 없지만, 택시에 타는 일도 IC카드를 사용하는 일도 피하는 쿄코 씨 입장에서는 그런 문제가 아닐 것이다.

"이, 이렇게 잘 보이지 않는 곳에 쓰여 있으면 미처 지우지 못하는 것도 무리는 아니죠."

나는 아무런 위로도 되지 않는 코멘트를 꺼냈다.

본인에게 잘 보이지 않는 곳이 말 그대로, 지금 내 눈앞에 있다고 생각하니 묘한 기분이 들고 말았지만.

"아아, 진짜… 부끄럽다."

정말 부끄러운지 쿄코 씨는 그녀 본연의 모습으로 돌아간 듯 말했다. 심정은 알겠지만 슬슬 다리를 높이 들어 올린 이 포즈를 부끄러워하는 게 좋다고 생각한다.

불찰은 불찰이지만 큰일은 없었으니까….

"그러네요. 본 사람이 야쿠스케 씨라서 다행이에요."

가슴이 덜컥 내려앉는 듯한 그런 말을 하는가 싶더니(물론 사무소의 신용 문제에 영향을 줄 만한 직접적인 의뢰인이 본 게 아니라서 다행이라는 의미이리라) 쿄코 씨는 머리를 감쌌던 손을 떼고서,

"야쿠스케 씨. 이것으로 좀 닦아 주실래요?"

라며, 도대체 칠흑빛 세일러복의 어디에 들어 있었는지 내게 알코올 항균 시트팩을 건넸다.

"증거 인멸을 부탁드려요."

"아, 네."

공손하면서도 강압적인 어조였기에 그 부탁은 수락하지 않을 수 없었다. 뭐, 스스로는 닦기 힘든 위치여서 이렇게 남아 버린 것이고, 무리하게 직접 닦으려고 하면 스커트가 나풀거려 속옷이 보일 우려도 있다.

몸에 글씨를 쓰기 위한 펜은 갖고 있지 않더라도 몸에 쓰인 글씨를 지우기 위한 도구는 갖고 다닌다는 점은 망각 탐정답게 조심스럽다고 해야 할까…. 그런 걸 생각하면서 나는 건네받은 팩에서 항균 시트를 한 장 꺼내었다.

그건 그렇고, 쿄코 씨의 몸에 쓰인 메모를 지우는 건 이것으로 몇 번째일까…. 비록 몇 번째일지라도 쿄코 씨에게는 이번이 처음이지만.

"아아 진짜, 정말, 부끄럽다…. 야쿠스케 씨, 제발 부탁이니 저의 허벅지 안쪽을 닦았다는 말은 아무한테도 하지 마세요."

굳이 당부하지 않아도 아무에게도 말할 수 없다.

그러니까 부끄럽다고 생각하는 포인트가, 다르다. 한쪽 다리를 높이 들어 올린 쿄코 씨는 세일러복 차림이고 그를 받들어 모시는 나는 팔과 다리에 골절상을 입었고, 상당히 수수께끼 같은, 도착적인 장면이 되어 있음을 생각하면 얼른 끝내는 것보다 좋은 건 없다.

"하~아. 야쿠스케 씨가 사 준 옷으로 갈아입을 때라도 그 밖에 미처 지우지 못한 부분이 없는지 체크해야겠어요."

"그러게요…."

그런 식으로 대꾸하면서도 결국 유언 소녀가 자살이 아닐 가능성이라는 건 내 지레짐작이라고 할까, 단순한 착각에 지나지 않았다는 사실에 낙담하지 않을 수 없었다.

사건 현장에서 발견한 단순 낙서를 중요한 실마리로 믿고 해독하려던 거나 마찬가지다. 탐정 역은 정말 맡을 수 있을 것 같지도 않다.

그렇다면 난관에 부딪친 상황은 결정적이라서, 남은 시간은 이제 후모토 선생님을 구슬릴 방법을 생각하는 데 사용할 수밖에 없을지도 몰랐다. 그 경우 걸림돌이 되는 건 쿄코 씨가 후모토 선생님을 격노하게 했다는 점이다. 도무지 냉정하게 대화할 수 있을 것 같지 않았다. 어떤 의미에서는 쿄코 씨의 자업자득이기는 한데, 진짜 무엇이 화가 될지는 알 수 없는 일이다….

"앗!"

본인의 손도 잘 닿지 않는 미묘한 부위에 쓰인 글씨를 닦으려고 했을 때, 조바심이 났던 탓인지 순간 쿄코 씨가 그런 소리를 질렀다. 나는 황급히,

"죄, 죄송합니다. 실례했어요."

라고 사과하며 손을 떼었다.

너무 힘이 들어갔나?

아무래도 한 손밖에, 그것도 왼손밖에 쓸 수 없어서 힘 조절이 몹시 어렵다…. 그러나 쿄코 씨는,

"사과하지 마세요. 아니, 오히려 자랑스러워하세요."

라고 영문 모를 소리를 했다.

가만 보니 아까까지만 해도 자신의 실책을 그토록 부끄러워했

던 표정에 그녀는 찬란한 빛을 떠올리고 있었다.

"감사해요, 야쿠스케 씨!"

그런 식으로, 웃으면서 인사까지 했다.

한쪽 다리를 들고 있는 것도, 이렇게 되니 혼자 라인 댄스를 추고 있는 것 같기도 하다. 무, 무슨 일이 있었던 거지? 도대체 무슨 심경의 변화야?

"저, 저기… 쿄코 씨?"

"'자살이 아니었다면' …그니까, 그니까, 내 말이! 그런 가능성, 생각도 안 했어요. 그치만!"

남의 눈도 의식하지 않고 들뜬 기분으로 그렇게 외치는 쿄코 씨. '자살이 아니었다면'?

어쨌든 그 메시지는 어제 사건에 관한 것으로 오늘 사건과는 아무런 관련도 없었을 텐데?

관련이 있다고 생각한 건 내 오해이며 쿄코 씨는, 본인 말처럼 쿄코 씨는 그런 가능성을 한 번도 고려하지 않았다. 고려하지 않았다?

생각도 하지 않았다고 한다.

요컨대 결코 검증하여 부정한 게 아니다. 그리고 지금, 비로소 그 검증을 한 것이다.

"쿄코 씨, 그럼."

"네. 그래요, 야쿠스케 씨. 유언 소녀의 자살은, 자살이 아니에요. 아뇨, 아직 추측이라 추리를 좁히지 않으면 안 되지만, 분명 이 노선이 틀림없을 거예요."

확신에 차서 말하는 망각 탐정.

그야말로 아까 그 노선을 일언지하에 부정했던 일은 잊어버리기라도 한 듯 급격한 변화이다. 있어선 안 되는 기록이 있어서 가라앉았던 기분도 지금으로서는 전혀 느껴지지 않는다. 쿄코 씨답다면 쿄코 씨다운 약삭빠름이고, 나로서도 쿄코 씨가 발랄하게 있어 주는 편이 더 기쁘지만.

내 단순한 착각이 사건의 해결에 기여했다는 것은 어쩐지 멋쩍을 따름이지만, 이렇게 되면 이제는 시간과의 싸움이었다.

추리를 좁히기 위한 시간… 뭔지는 모르지만 쿄코 씨가 얻은 듯한 발상의 확실성을 보다 상세하게 검증하지 않으면 안 된다.

자살이 아니게 되면 더더욱 그러하다.

살인 사건이라면 지금까지와는 조사 방침이 송두리째 바뀌어 버리니까. 수사를 처음부터 다시 하는 것이나 마찬가지다.

그러면 역시 시간이 너무 부족한 게 아닐지….

"타임 리밋은 밤 10시였죠. 사쿠소샤까지의 이동 시간을 생각하면 남은 시간은 두 시간 반 정도일까요? 후우… 이렇게 되면 고민스럽네요."

라고 말하는 쿄코 씨.

글쎄… 가장 빠른 탐정이라고 해도 제한 시간의 연장을 제의 하는 수밖에 없다. 어제의 사건에서 고전했을 걸 생각하면 오늘의 쿄코 씨는 너무 늦게까지 깨어 있을 수 없겠지만.

그러나 쿄코 씨가 '고민스럽네요'라고 말한 건 그런 의미에서가 아니었다.

"고민스럽네요. 남은 시간을 대체 무엇에 쓸까요?"

"네?"

"비열한 입막음 공작이라도 할까요?"

즐거운 듯 그렇게 말하는가 싶더니 쿄코 씨는 스커트를 눌렀던 손을 살며시 떼고서 곧바로 내 오른팔의 골절 부위를 만졌다.

"그 밖에 남아 있는 기록은 없는지, 야쿠스케 씨가 살펴봐 주실래요?"

제8장

질문하는 카쿠시다테 야쿠스케

1

그리고 오후 10시, 나와 쿄코 씨는 다시 사쿠소샤의 회의실 테이블에 앉아 있었다. 단, 중간보고 때와 양상이 다른 건 만화가 후모토 슌 선생님과 그의 직속 담당인 편집자 토리무라 씨가 동석하지 않았다는 점이다.

낮에 작품을 비판했던 쿄코 씨에게 그토록 화가 났나 싶어서 마음을 졸였지만, 그런 게 아니라(그 때문도 있겠지만) 그 후에 착수한 일이 늦어지고 있단다.

약속이라고 할까, 마감 시간을 넘긴 상태로, 만화가에게 있을 수 없는 상태이기는 하나 거꾸로 생각하면 그만큼 원고에 열중하고 있다고도 할 수 있으므로, 그의 은퇴 선언을 철회하고 싶어 하는 잡지 편집장 콘도 씨로서는 기대도 안 한 결석이 된다. 그런 이유로, 망각 탐정에 의한 해결 편의 갤러리는 나와 콘도 씨, 고작 두 사람이 되었다.

일동을 모아서 '자, 그럼' 하고 운을 떼기에는 너무나도 보람이 없다. 추리소설에는 악행을 지적받을지도 모르는 범인이 부름에 응하여 해결 편에 동석할 리가 없다는 비판이 따르게 마련이지만…. 뭐, 너나없이 바쁜 현대 사회에서는 그 이전에 '일동을 모으는' 일 그 자체가 어려운 것 같다.

"음? 오키테가미 씨, 옷을 갈아입으셨나요?"

콘도 씨가 놀란 듯 말했다.

콘도 씨가 말한 쿄코 씨의 차림새는 딱 붙는 도트 무늬 셔츠에 기장이 긴 니트 카디건, 속이 비치는 하이 웨이스트 롱스커트에 검은 스타킹이라는 것이었다. 내 센스라고 할까 노 센스라고 할까.

스타킹 색은 명백히 세일러복에서 영향을 받은 것이고, 셔츠는 패션으로서 딱 붙는 게 아니라 사이즈가 안 맞았을 뿐이다.

그래도 세일러복보다는 낫다고 생각했는지 쿄코 씨는 불평하는 일 없이 오히려 "멋지네요."라고 말해 주었으며, 옷 갈아입히기 인형이 되어 주었다. 완벽히 소화해 버렸다는 점은 과연 쿄코 씨답다.

"네. 덕분에 잘 갈아입었어요."

라고 쿄코 씨는 아슬아슬한 표현을 썼다.

두 번쯤, 이라고는 말하지 않았지만.

세일러복 차림의 쿄코 씨를 보았더라면 신사인 콘도 씨가 어떤 코멘트를 꺼냈을지 궁금하지 않은 건 아니었는데… 무엇이 정답이었는지 가르쳐 주었으면 한다.

"안심하세요, 추리 쪽은 확실하게 마쳤으니까. 분명 기대에 부응할 수 있으리라 생각해요."

"그거 다행이군요."

물론 콘도 씨도 망각 탐정이 직무를 유기하고 패션을 즐겼을 거라고는 생각지 않았겠지만 쿄코 씨의 장담하는 그 말에 명백히 안도한 것 같았다.

아무래도 편집장이다, 이 밖에 다른 일도 떠안은 채 이 건에 대응하고 있는 것이다. 콘도 씨의 마음고생은 상당할 테니 해결될 전망이 있다는 말을 들으면 그야 가슴을 쓸어내릴 만도 하리라.

경하스럽기 그지없지만 단, 중개자인 나로서는 아직 일말의 불안을 미처 지울 수 없었다. 두 번 수고하는 격이라는 이유로 나는 또 아무것도 듣지 못한 채 이 회의실에 동석 중이다.

되풀이해서 말할 필요도 없이 나는 지금껏 궁지에 몰렸을 때 여러 번 쿄코 씨의 도움을 받은 몸이다. 망각 탐정의 추리력에 의문을 가진 자는 아니지만, 이번에는 내 엉뚱한 착각이 기초 공사가 되어 그녀의 추리가 완성되었다.

뿐만 아니라 그 옥상에서 무언가 깨달음을 얻은 이후 그녀는 추가 조사조차 하지 않았다. 사실상 쿄코 씨의 탐정 활동은 거기서 종료되고 만 것이다.

그래서 그 점이 매우 무섭다. 점심을 거른 우리지만 저녁은 천천히 먹을 여유가 있어서 다행이었다는 게 아니다. 무섭다기보다 양심에 찔리기까지 한다. 쿄코 씨가 어째서 이렇게 당당할 수 있는지 이상할 정도였다.

"그럼 재촉하는 것 같아서 죄송하지만, 오키테가미 씨. 어서 말씀해 주시죠. 그녀… 유언 소녀는 실제로 어떤 이유에서 자살한 건가요? 후모토 선생님의 작품이 원인이 아니라면. 혹은, 조사 결과 역시 『치체로네』가 원인이었던 건가요?"

그렇다면 그런 것으로 받아들이겠다는 각오가 느껴지는 어조로 콘도 씨는 몸을 내밀고 말했다. 그해 반해 쿄코 씨는 천연덕스러운 얼굴로,

"자, 진정하세요."

하며 본인 앞으로 나온 음료를 마셨다.

하긴, 그것은 자신이 부탁한 짙은 블랙커피이니 쿄코 씨는 쿄코 씨 나름대로 의식을 다잡은 다음 해결 편에 임하려는 것인지도 모른다.

자살 미수가 아닌, 살인 미수.

사건성이 증가한다고도 할 수 있고 더욱 심각해진다고도 할 수 있다.

설령 그것이 진실이라 해도 콘도 씨(라든지 나)를 설득할 수 있는 형태로 그런 추리를 제시할 수 있을지 어떨지… 탐정의 솜씨를 선보일 때이기도 했다.

"콘도 씨. 자살 이유만 마음에 걸리시는 모양인데… 글쎄요, 이를테면 이런 식으로 생각한 적은 없나요? 유언 소녀가 뛰어내린 게 만약 자살이 아니었다면?"

우선 망각 탐정은 그 누구보다 그녀 자신이 생각지도 않았던

'만약의 경우'를 뻔뻔스럽게도 꺼내 놓았다.

그리고 수수께끼 풀이가 시작되었다.

분석을 싫어하는 유언 소녀가 마침내 해석된다.

2

"자, 자살이 아니었다면… 말인가요?"

"네. 저는 이른 단계부터 그 가능성에 대해 생각했어요."

허언부터 하는 건 조마조마하니 관뒀으면 좋겠다.

내 입의 무거움을 지나치게 신뢰한다.

뭐, 억지로 해석하자면 의뢰를 받기 전인 어제라는 시점부터 그렇게 생각했다고 할 수 없는 것도 아니지만… 어제 쿄코 씨가 했던 생각은 그야말로 아무도 모르니까.

"유서가 있고 신발이 가지런히 놓여 있었다. 그리고 소녀가 낙하했다. 과연, 확실히 그것들만을 픽업하면 틀림없는 투신자살인 것처럼 관측되지만 꼭 그렇다고만은 할 수 없어요."

"그렇다면… 오키테가미 씨는 이것이 살인 사건이라고 말씀하시는 건가요?"

솔직히 놀라는 콘도 씨.

쿄코 씨의 발상에도 놀랐겠지만(그 부분은 오해지만) 그 의외성 있는 가능성에 꽤 허를 찔린 것 같았다.

"네. 맞아요. 확실히 제가 맨 처음 생각한 그대로였어요."

어쩜 저리도 꿋꿋하게 거짓말을 할 수 있지.

어쩌면 옆에서 마음 졸이는 나를 보고 즐기고 있는지도 모른다.

"역시 가장 빠른 탐정이군요…."

콘도 씨 안에서 쿄코 씨에 대한 평가가 또 하나 올라간 듯하지만, 이는 거짓말로 올라간 것이므로 중개자로서 이토록 마음 괴로운 일은 없다.

"그런데 외람된 말이지만 오키테가미 씨. 자살이냐 살인이냐 하는 점은 처음에 경찰이 충분히 수사한 것 아닌가요? 제 쪽에 온 형사분들도 자살 이외의 가능성은 전혀 생각하지 않는 것 같던데요…."

그것은 다름 아닌 쿄코 씨 자신도 했던 말이다.

나는 거기까지 생각이 미치지 않았기에 그저 쿄코 씨의 다리에 남아 있던 메시지를 곧이곧대로 받아들였지만, 콘도 씨는 이내 그런 의문을 품은 모양이다.

그런 식으로 그가 쿄코 씨의 허세도 폭로해 버리지 않을까 싶어 나는 내심 벌벌 떨었다.

"아니면 오키테가미 씨, 경찰의 과학수사도 무색하게 만드는 교활한 범인이, 이 사건 뒤에 있었다는 건가요?"

"교활… 네, 교활하다면 교활하죠."

한없이 당당하던 쿄코 씨가 여기서는 다소 모호하게 그런 식으로 수긍했다.

"단, 천박하다면 천박해요. 적어도 그 행위를 높이 평가할 수는 없겠네요."

"……? 뭐, 저도 살인범… 살인 미수범인가요? 살인 미수범을 높이 평가할 생각은 추호도 없지만….."

콘도 씨는 이상하다는 듯 말했다.

애당초 '교활'은 칭찬하는 말이 아니리라. 하지만 '천박'까지 가면 명확히 비하하는 것처럼 들린다.

당연히 열두 살 아이를 죽이려 했다는 것만으로도 충분히 비하할 만하지만 그런 표현은, 상대가 범인일지라도 쿄코 씨답지 않은 것 같기도 하다.

쿄코 씨는,

"이런 형태가 된 데에는 우연의 요소도 많고, 게다가 범인의 생각대로 일이 진행되었다고도 할 수 없어요. 오히려 범행 계획은 완전히 실패했죠."

라고 더 혹독한 말을 했다.

그야 뭐, 빌딩에서 추락하기는 했으나 유언 소녀는 죽지 않았으니까… 범인의 계획이 틀어진 건 확실하리라. 하지만 그렇다면 범인이 생각하는 '성공'이 무엇이었는지가 갑자기 궁금해진다.

내가 마침 유언 소녀의 낙하지점을 지나고 있었던 것도 우연의 요소라고 할까, 상당히 예상 밖의 일이었을 테고… 그렇다면 어떤 형태가 되는 게 범인의 생각대로였다는 걸까?

그리고 애초에, 범인이란 누구지?

내가 아는 인물인가?

조사 중에 만났었나?

지금까지 이 회의실 안에서는 일관되게 경청만 했던 나이지만 끝내 참지 못하여,

"가르쳐 주세요, 쿄코 씨."

라고 침묵을 깨고 질문했다.

"유언 소녀를 죽이려고 한 건 대체 누구인가요?"

"유언 소녀가 죽이려고 한 건 대체 누구인가요, 라고. 정확하게는 그렇게 물어야 할 거예요."

쿄코 씨는 대답했다.

"왜냐하면 그녀가 범인이니까요."

3

혼란스러워졌다. 무슨 의미지?

유언 소녀가 범인?

그렇다면 결국 자살인 것 아닌지?

214

단순한 표현의 문제로… 아냐, 그렇지 않다.

죽이려고 한 건 대체 누구? 그렇다면?

"그럼, 그럼 오키테가미 씨. 유언 소녀는 야쿠스케를 죽이려고 했단 말인가요?! 우연이 아니라 노리고서 야쿠스케 위로 떨어졌다는 겁니까?!"

쿄코 씨의 귀띔에 콘도 씨는 나보다 빨리 그 해답에 다다랐다.

그답지 않게 몹시 흐트러진 외침이었지만 물론 내가 더 놀랐다. 외침에 놀란 게 아니라.

노렸다고? 나를?

자살이 아니라 살인 사건. 그 말은.

유언 소녀가 누군가에게 밀려 떨어졌다는 의미가 아니라 유언 소녀가 나를 죽이기 위해 뛰어내렸다는 의미였나?

낙하지점에 있던 내가 소녀를 죽이려 했다는 근거 없는 말이 매스컴을 떠들썩하게 만들었는데… 실제로는 반대였다고?

"아뇨, 소녀가 노린 건 카쿠시다테 씨가 아니에요."

경악의 한복판에 있는 나와 콘도 씨와는 달리 쿄코 씨는 침착했다. 나를 '야쿠스케 씨'가 아닌 '카쿠시다테 씨'라고 부른 이유는 콘도 씨 앞이기 때문이리라.

"그 부분이 실패이자 우연의 요소예요. 단적으로 말해 사람을 착각한 거죠."

"……?"

사람을 착각했다고?

착각으로 죽는 일은 당해서야 참을 수 없지만… 게다가 유서 이야기는 어떻게 됐지? 유언 소녀의 목적이 전혀 파악되지 않는다… 뛰어내릴 장소를 그 복합빌딩으로 정한 이유도 말이다.

"다른 어디도 아닌 그 복합빌딩이 투신 장소로 선택된 이유는 그곳이 야쿠스케 씨의 직장이었기 때문이에요."

라고 말하는 쿄코 씨.

음… 아아, 나를 노렸다면 이유는 그것으로 충분한가? 유언 소녀는 죽을 장소를 원한 게 아니니까. 5층짜리 빌딩도 6층짜리 빌딩도 아니라, 10층짜리 빌딩도 학교 건물도 아니라, 높이 따위와는 무관하게 7층짜리인 그 복합빌딩이 아니면 안 되었다.

빌딩에서 나오는 나를 노리기 위해서는. 그렇지만 방금 전 사람을 착각했다고….

"애초에 빌딩 옥상에서 몸을 날려 사람을 죽이려고 하다니, 방법으로서는 너무 조잡할 텐데요. 실제로 그래서 그녀는 지금 죽게 생겼으니…."

어느 정도 진정된 듯한 콘도 씨가 그렇게 말하자 그에 대하여 쿄코 씨는,

"조잡하지 않아요. 복잡하기는 하지만."

이라고 대답했다.

"우연히 자살 희망자의 낙하지점에 통행인이 있었다는 것보다, 낙하지점에 들어온 통행인을 향해 의도적으로 다이빙한 살인 희망자가 있었다고 생각하는 편이 현상으로서는 성립되기가 더 쉽겠죠?"

길을 걷다 보면 운석이 머리를 직격할 가능성은 아무래도 완벽하게 없앨 수 없다. 우연히 머리 위로 거북이가 떨어져 내릴 가능성 또한 있을 것이다.

그렇지만 그런 우연이 성립될 확률보다도, 조준을 맞출 수 있는 만큼 인간이 인간을 노려 스스로 낙하했을 때의 성공률 쪽이 더 높을 것이다.

경찰의 과학수사도 그 경우라면 의미를 갖지 못한다.

일어난 일 자체는, 유언 소녀가 행한 일 자체는 옥상에서의 투신과 전혀 다를 바 없는 그것이니까.

속마음이 다를 뿐 행위는 동일.

옥상에 다른 사람이 있었던 것도, 누군가와 다툰 것도 아니다. 하물며 현장에는 유서와, 가지런히 놓인 신발까지 있었으니까.

그것들을 준비한 사람도 그녀 자신…?

아니, 하지만 믿기 힘들다. 납득할 수 없다.

그렇게 몸으로 들이받고, 자신이 산다는 보장이 없는데… 보장은커녕 죽을 확률이 훨씬 더 높다. 살의가 있었다고 해도 거의 동반자살 같은 것 아닌가.

"묻고 싶은 것이… 아니, 묻지 않으면 안 되는 것이 너무 많아서 무엇부터 질문하면 좋을지 모르겠습니다…."

콘도 씨는 신중하게, 숱한 질문을 음미하듯 쿄코 씨를 향했다.

"오키테가미 씨. 사람을 착각했다는 게 어떤 의미인지, 일단 가르쳐 주실 수 있을까요? 야쿠스케를 죽이려고 한 게 아니라면 유언 소녀는 대체 누구를 죽이려고 한 거죠?"

이 상황에서 우선 나에 대한 것부터 물어 주었다는 점에서 콘도 씨의 인품이 여실히 드러난다…. 그리고 그건 자신의 일이라는 걸 차치하더라도 나 또한 알고 싶은 의문이었다.

도대체 나 같은 거구의 남자를 어떻게 누군가와 착각하느냐이 말이다. 그렇다고 해서 열두 살 소녀가 목숨을 노릴 이유로 짚이는 바도 없다.

'누구여도 좋았다'의 대상이 된 것이라면 소름 끼치지만 그런 것도 아닌 듯했다. 그렇다면?

"신장의 크기는 이 경우 문제가 아니에요. 빌딩 옥상, 즉 수직의 시점에서는 표식이 되지 않으니까요."

아, 그런가. 그런 이야기도 했었다.

그때는 낙하 장소의 쿠션으로서 어떠한가와 같은 흐름이었지만….

"신장은 표지가 되지 않는다, 그럼 무엇이면 표지가 될 거라고 생각해요? 몸으로 들이받으려고 한다는 건 상상하기 힘들 테니까… 이를테면 길을 걷는 저를 노리고 옥상에서 물건을 떨어뜨려 맞히려고 했다면, 무엇을 표식으로 할까요?"

"…으음, 그건."

인간을 수직 각도에서 보는 일 자체가 그리 흔한 게 아니다. 하물며 7층만큼의 거리가 있으면 개인을 판별하기란 불가능하지 않을까?

그렇다면 역시 유언 소녀는 '누구여도 좋았다'라는 건가? 아니, 하지만 쿄코 씨에 한해 말하자면….

"그래요. 이 백발을 표지로 삼겠죠. 수직에서 보는 거니까 오히려 그것밖에 기준은 없어요."

"…그, 그렇지만 그건, 확실한 기준은 안 되지 않나요?"

쿄코 씨가 그 젊은 나이에도 온통 백발이라는 건 눈에 띄니까 표지가 되겠지만 5, 60대의 통행인까지 포함하면 완전 백발인 사람은 드물지 않다.

"네. 백발만 기준으로 삼으면 사람을 착각하고 말지도 모르죠. 그날 우산을 빌려 썼던 카쿠시다테 씨를 고서점 '신소도'의 점주님으로 착각했듯이."

4

복합빌딩을 선택한 이유. 그리고 비 오는 날을 선택한 이유.

쿄코 씨와 다르게 나는 특징적인 헤어스타일이 아니다. 그래서 신장이 구별되지 않는 상공에서는 카쿠시다테 야쿠스케란 개인을 특정하기 어렵다. 비가 내렸고 '빌린' 우산을 쓰고 있었다면 그 사실을 통해 역설적으로 유언 소녀가 노린 건 내가 아니라고 쿄코 씨가 추리한 것은 뭐 이해가 가고, 이해하기 쉽다.

그날 비가 왔다는 건 말했으니 내가 우산을 쓰고 있었음은 당연히 예상할 수 있다 하더라도, 그 우산이 '빌린' 것이며 본래 주인이 '신소도'의 점주님임을 어떻게 쿄코 씨는 알 수 있었을까?

"네? 카쿠시다테 씨가 말씀하셨잖아요. 고서점을 퇴직하면서 앞치마와 우산은 나중에 돌려주겠다고 점주님과 약속했다고…. 그래서 갑자기 비가 오기 시작했다는 귀갓길에 우산을 쓰고 있었다면 그것은 점주님에게서 빌린 물건이 아니었을까 생각했는데, 아닌가요?"

아닌 게 아니다.

갑작스러운 비였기에 그날 나는 우산을 갖고 있지 않았고, 그래서 점주님에게서 가게 우산을 빌려 퇴근하려고 했다. 말 한마디 한마디에서 나도 깨닫지 못한 증언을 끄집어내고 있었다. 이것 참, 나 같은 놈의 퇴직 에피소드를 그렇게 착실히 들어 주었다니.

우산을 펼치고 있던 탓에 머리 위가 잘 보이지 않아서 낙하하는 소녀를 발견하지 못했다고도 할 수 있는 나인데, 그 우산이야말로 나를 노리는 마크 포인트였다. 자신은 비가 그친 뒤 퇴근하겠다며 무뚝뚝한 점주님이 퉁명스럽게 빌려준 우산. 평소 점주님이 사용하는, 가게 이름이 들어간 우산이었다.

그다지 좋은 직장 체험을 해 오지 못한 나로서는 그런 배려를 감사하게, 그리고 기쁘게 여겼는데… 설마 그것이 골절의 원인이 될 줄이야.

"우산이 쿠션이 되어 유언 소녀와 카쿠시다테 씨, 둘 다 살았다고 볼 수도 있겠네요."

그건 그럴지도 모른다. 물론 그 순간 내 뼈대뿐만 아니라 우산의 뼈대도 부러졌지만 좋은 우산이었기에 수선해서 돌려줄 생각이었다. 아니, 그런데 진짜인가?

역시 선뜻 믿을 수 없다.

아무리 확률이 낮다고는 하나 그래도 운 나쁘게 투신자살에 휘말렸다고 생각하는 편이 더 그럴싸하다. 애초에 소녀가 왜 점주님을 죽이려고 한 거지?

"그것은 알 수 없어요. 어떤 문제가 있었던 게 아닐까 예상은 할 수 있지만, 점주님과 유언 소녀 양쪽의… 적어도 한쪽의 이야기를 들어 보지 않는 한. 그런데 이 자리에 한해 그 동기는 무엇이든 똑같지 않나요?"

"또, 똑같다고요?"

"제가 콘도 씨에게 받은 의뢰의 내용은 유언 소녀가 행한 자살 미수의 진상이에요. 열두 살 소녀가 행한 투신자살의 진짜 동기죠. 그렇지만 살인 미수 사건이 되면 자살 그 자체가 없었던 거나 마찬가지니까, 더 이상 조사를 진행할 필요는 없겠죠? 자살을 아름답게 묘사한 후모토 선생님의 단편 작품『치체로네』와는 전혀 무관하다는 게 입증된 거나 마찬가지잖아요."

"……."

그건 뭐, 그런가.

『치체로네』는 자살 이야기이지 살인 이야기가 아니다.

그렇다면 영향을 받은 게 아님은 명백하다. 아마도 쿄코 씨가 말했던 '이름을 이용당했을 뿐'이라는 패턴이었으리라. '진짜 동기를 감추기 위한' 게 아니라 '살인을 감추기 위한' 방패막이였을지라도.

하지만 이래서는 영 개운치가 않다. 설령 그것이 진실이라 해도 나나 콘도 씨라면 모를까, 후모토 선생님이 납득해 줄 거라고는 생각하기 힘들다.

쿄코 씨도 그런 사정을 모르는 사람이 아닌 듯,

"어째서 유언 소녀가 이런 방법을 선택했는지, 그에 대해 임의로 분석할 수는 있어요."

라고 덧붙였다.

"만약에 원하신다면 순서에 따라 대체 무슨 일이 있었는지, 제가 생각하는 사건의 내막이라는 것을 설명해 봐도 좋은데요. 즉, 유언 소녀가 무엇을 하고 싶었는지, 무엇을 할 생각이었는지. 그리고 어떤 실패를 했는지를."

"꼭 좀 부탁합니다."

콘도 씨와 내 목소리가 동시에 울렸다.

여기까지 와서 여기까지 하고 끝내다니, 어중간한 것도 정도가 있다.

"그럼, 간략하게."

라며 쿄코 씨는 이야기를 시작했다.

"한 소녀가 한 인물에게 강한 살의를 품었다고 쳐요. 그것은 정말 강한 살의예요. 살의의 구체적인 내용은, 다시 말씀드리지만 당사자에게 물을 수밖에 없을 거예요. 그렇다는 가정하에 주변을 탐문하면 나름대로 그럴듯한 동기라는 게 보이기 시작할지도 모르죠."

그렇게 간단히 말할 정도로 간단히 파악될 만한 것도 아니다.

다만, 개인의 행위로 완결되는 자살과 달리 주변으로 확산되어 가는 살인이라면 그 근원을 캐는 난이도는 현격하게 낮아질지도 모른다.

덧붙여 말하자면, 그 동기를 캐는 데에는 별 의미가 없다는 식으로 생각할 수도 있다. 나는 별로 좋아하는 사고방식이 아니지만, 내가 의지하는 탐정 중에는 '난 매력적인 수수께끼만 풀 수 있으면 그것으로 족하다. 범인의 동기 따위에는 흥미가 없다'라고 단언하는 명탐정도 있다. 비인간적이기도 하고 실제로 매우 차가운 사람이겠지만, 그렇다고 '매력적인 수수께끼'를 푼 정도로 다 안다는 얼굴을 하고 범인에게 이러쿵저러쿵 설교를 시작하는 명탐정 쪽이 더 인간미 넘치는가 하면 그렇지는 않을 것이다.

인간은 어떤 이유에서 자살해도 이상하지 않듯이, 인간은 어떤 이유에서 죽이려고 해도 혹은 죽임을 당해도 이상하지는 않다. 뭐 좋겠지, 그 부분은 일단 납득하자.

유언 소녀는 점주님을 죽이려고 했다.

어린아이다운 강한 살의를 갖고서.

따라서 이 자리에서 쿄코 씨가 가르쳐 주었으면 하는 건 죽이려고 한 이유가 아니다. 죽이기 위해 어째서 그런 번거로운 방법을 초이스했는가, 이다.

번거롭다고 할까, 위험하다고 할까.

"트릭을 위한 트릭은 아니지만…. 생각나서 해 버렸다는 느낌일까요? 폐점 직전이라는 잰 듯한 타이밍에 느닷없이 비가 내리기 시작하여, 쫓기듯이 충동적으로 품고 있던 망상을 실행하고 말았다…."

나는 쭈뼛쭈뼛 쿄코 씨에게 질문했다.

훌륭한 추리소설에 곧잘 들어가는, '사람 한 명을 죽이겠다고 굳이 이렇게 수고로운 일은 안 한다고' '그냥 밤길에서 덮쳐서 산에 묻는 편이 들통날 가능성은 더 낮지 않아?'와 같은, 애정 어린 지적에 대한 해답의 예이다.

밀실을 만든 이유는 범인이 미스터리 마니아였기 때문.

억지인 듯하면서도 의외로 리얼리티로 충만한 감도 있다. 유언 소녀의 독서 폭을 생각하면 그녀는 추리소설도 읽었던 것 같으니.

아니, 폭이 아니라, 밸런스인가.

"확실히 비만 내리지 않았으면 안 했을지도 모르지만, 그치지 않는 비란 없는 것처럼 언젠가 비는 내리니까요. 카쿠시다테 씨의 말씀은 우산이라는 표식이 있다 하더라도 옥상에서의 보디 어택으로 사람을 죽인다는 건 리스크가 너무 높다는 거죠? 반드시 명중한다는 보장이 없고 명중하더라도 확실히 죽일 수 있다고는 말하기 힘들어요. 반면, 적어도 자신은 큰 부상을 입을 것임에 틀림없고 최악의 패턴이라면 자신만 목숨을 잃게 되니까요."

그 말이 맞다.

그보다 현실에서는 거의 그 최악의 패턴에 달해 있다.

아니, 최악 이하이기까지 하다.

불확정한 표식을 기준으로 다른 상대에게 다이빙한 끝에, 명중은 했지만 의식불명의 중태에 빠진 건 자신뿐이다. 타깃이었던 점주님은 자신에게 죽임을 당할 뻔했다는 사실조차 모르고 있으리라.

비참한 결과이고 바보짓이기도 할 것이다.

휘말렸을 뿐인 나조차 못 해 먹을 짓이라는 생각이 든다.

그보다는(그렇게 하면 좋았을 텐데, 라는 의미가 아니라) 과일 깎는 칼이라도 들고서 퇴근길의 점주님을, 머리 위에서가 아니라 등 뒤에서 노렸더라면 소녀의 목적은 훨씬 쉽게 달성되었을 것이다.

"하지만 그러면 죽이는 건 틀림없이 죽일 수 있겠지만 탄로가 나고 말잖아요?"

"탄로가 나고 만다… 잡히고 만다는 의미인가요?"

"아뇨, **죽이려고 한 사실이 탄로가 난다**는 의미예요."

"……?"

무슨 차이가 있을까.

그야 경찰에 잡히는 걸 좋아하는 범인이 있을 리 없지만 보통 죽는 것보다는 낫다고 생각할 것이다. 확실히 그녀가 이런 수단을 선택함으로써 나는 이날 이때껏 유언 소녀가 점주님을, 그뿐 아니라 잘못 노린 나라고 해도 의도적으로 죽이려 했을 가능성에 대해서는 생각하지 못했지만.

"자신의 목숨을, 말 그대로 내던지는 듯한, 상상할 수 없는 방법을 선택했기 때문에야말로…."

콘도 씨는 자신을 깨우치듯이, 어떻게든 자신을 납득시키려 하듯이 말했다.

"지금으로서는 그녀가 품었던 살의가 들통나는 일이 없었다… 라는 것이며, 그 은폐는 그녀에게 있어 계획대로였다는 것이로군요?"

"엄밀하게 말하자면, 만약에 노렸던 대로 유언 소녀가 점주님을 향해 낙하했다면 동기와 계획은 벌써 옛날에 만천하에 드러나지 않았을까 싶어요. 카쿠시다테 씨라는, 완벽한 제삼자가 잘못 피해를 입어서 우연성이 커지고 말았어요. '우연히 지나가던 통행인'과의 연결 고리가 발견되지 않았기 때문에, 불행한 사고인 게 아닐까, 하고 받아들이기 쉬워진 거예요."

쿄코 씨는 이런 식으로는 말하지 않았지만 '우연히 지나가던 통행인'의 누명 체질이 소녀에게 이득이 된 측면도 당연히 있을 것이다. 여러모로 수상쩍은 그 사람, 즉 내게로 의심의 눈초리가 향하여 아무도 소녀의 행위에서 살의를 감지할 수 없었다.

그것은, 망각 탐정마저도 그랬다.

만약 '어제의 쿄코 씨'가 메모를 미처 지우지 못했다는, 있어선 안 되는 부주의한 실수를 하지 않았더라면 '자살이 아니었다면?'이라는 가능성은 상정조차 되지 않았으리라.

'사건에 휘말린 피해자'인 내게 전혀 짚이는 바가 없었기에 살의는 간파할 수 없었고, 작위도 감지할 수 없었다.

그런 의미에서라면, 소녀는 우연히 목숨을 건졌지만 그것은 딱히 행운도 무엇도 아닐뿐더러, 그것은 그것대로 미스테이크에 지나지 않는다.

목숨을 건 목적은 전혀 달성되지 않았으니까….

"…그런데 오키테가미 씨의 말투로 보아 유언 소녀는 경찰에 잡히는 일은 둘째 치고 살의가 있었던 것을 감추고 싶어 했던 것 같은데요? 사고로 가장하려 했다고 할까…."

콘도 씨의 그 지적은 탁견이라고 해야 할 것이다.

그야 지금은 의식불명의 상태라서 아무도 그런 식으로는 말하지 않고 말하기 힘든 분위기가 형성되어 있지만, 만약에 회복된다면 그때는 그때대로 타인을 끌어들인 책임을 추궁당하게 된다.

열두 살이라면 형사 책임은 지지 않을지라도 제삼자를 자신의 자살 미수에 끌어들였다는 사실은 평생 따라다니게 된다. 도의적인 책임, 그리고 사회적인 제재라는 것이다.

…그런가.

그녀는 행위가 아니라 살의를 은폐하려고 한 것이다, 말하자면.

"분석당하는 것을 병적으로 싫어하는 여자아이였던 모양이에요."

라고 쿄코 씨는 말했다.

그 정보는 그녀가 여중생들에게 희롱당하는 굴욕을 경험하면서까지 입수해 온 것이다. 소녀는 책을 읽는 것에도 일일이 자신을 위장하는 아이였다.

"자신에 대해 남들이 멋대로 떠드는 걸 싫어하죠. 그래서 자신이 좋아하는 게 무엇인지 숨기고 비록 싫어하는 것일지라도 일부러 접해요. 밸런스를 맞춘다는 평가를 받고 있었어요. 실제로 그랬겠죠. 죽이려 했다고 여겨지고 싶지 않아서 자살을 가장했어요. 진짜 동기를 파악당하기 싫어서 유서를 썼고요. 가짜 유서를 말이에요."

여기서 새삼 말할 필요도 없지만 당연히 유서에 쓰인 동기는 위장이죠, 라고 말하는 쿄코 씨.

그렇다.

후모토 선생님은 나처럼 소녀의 살의에 휘말렸다. 아니, 나는 계산 착오로 휘말렸지만 후모토 선생님은 유명인이라서 계산에 따라 휘말린 것이다.

"…그런 식으로 작품명을 사용… 악용했다면 유언 소녀에게 있어 『치체로네』는 좋아하는 작품이 아니었다는 얘기로군요."

그것을 후모토 선생님에게 어떻게 보고할까 고민하듯이 콘도 씨는 쿄코 씨에게 확인했다.

쿄코 씨는 그 점에 대해서 말을 보탤 필요도 없다고 생각했는지 말없이 고개를 끄덕였을 뿐이었다. 후모토 선생님과 무관함을 분명히 한 형태이기는 하나 무턱대고 기뻐할 일도 아니다.

위장에 쓰였다는 건 거의 이용되고 버려진 거나 마찬가지다. 좋고 나쁨의 평가는 둘째 치고 작가와 편집자로서는 세상에 내놓은 작품이 그런 식으로 취급당하면 기분 좋을 리 없다.

자기 작품의 영향으로 아이가 자살했다는 것과는 전혀 다른 의미로 만화가가 은퇴해 버려도 이상하지 않을 만큼 지극히 쇼킹한 일이다.

작품은 발표한 시점에서 독자의 것이고 어떤 식으로 평가되든 받아들여야 하며 그로써 마음이 꺾일 것 같으면 처음부터 창작자 같은 건 하면 안 된다, 라는 건 훌륭한 의지이지 적용되어야 할 룰이 아니다.

"괜찮지 않을까요? 후모토 선생님은. 제가 깎아내렸을 때 그렇게 화냈을 만큼 활력이 넘치는 분이니까, 은퇴는 안 하시겠죠. 못 하실 거라고 생각해요."

"…그런가요? 뭐, 실제로는 아니라고 하시지만."

하고, 다소 무책임한 것 같기도 한 쿄코 씨의 코멘트에 콘도 씨가 의아한 듯 편집자로서의 견해를 피력했다.

"자기 작품이 독자를 죽여 버릴지도 모른다는 발상을 한 번이라도 품고 말았는걸요. 그것이 앞으로의 작풍에 영향을 끼치지 않을 리 없다고 생각해요. 위축되어 버릴지도 모르죠. 누가 규제할 필요도 없이 자기가 규제해 버릴지도 몰라요. 주눅이 들어서 독도 약도 안 되는 교과서대로의 만화밖에 그릴 수 없게 될지도 모르고요. 그렇게 되면 그야말로 만화가로서는 은퇴한 거나 마찬가지가 아닐까요?"

"자기 작품이 독자를 죽여 버릴지도 모른다는 발상을 한 번이라도 품고 말았기 때문에야말로, 후모토 선생님은 창작 활동에서 멀어질 수 없게 되겠죠. 자기 작품이 독자의 인생을 좌우한다는 '재미'를 가상으로 체험하고 만 후모토 선생님은 절대로 은퇴 같은 걸 할 수 없어요."

그 또한, 작가에 대한 환상이다.

그렇지만 현실감 있는 환상이었다.

재미있으니까 만화가가 되었으니 재미없어지면 은퇴하겠다고 말했던 후모토 선생님이지만, 윤리관과 도덕관을 싹 무시하고 생각하면 이번 체험이 그에게 재미없었을 리 없으므로.

사람의 목숨마저 빼앗을지도 모르는 절대적인 영향력이 자신의 작품에 있다는 위태로운 망상은 악몽이기는 하나, 그렇다면 꿈이기도 할 것이다. 이야기는 사람을 살리기도 죽이기도 하는 꿈.

그 꿈이 없으면.

아무도 이야기를 읽지도 만들지도 않으리라.

"…뭐, 하게 놔두지 않을 거지만요. 은퇴도, 위축도요."

어디까지 쿄코 씨의 의견에 공감했는지는 알 수 없었지만 콘도 씨는 그렇게 말했다. 작가의 그것과는 다르겠지만 그 역시 결의 표명이리라.

"오키테가미 씨 덕분에 아슬아슬하게 마감을 맞출 수 있을 것 같거든요. 오늘 밤 중으로 다음 주 분량의 콘티도 완성될 겁니다."

후모토 선생님에게는 그때 가서 사건의 진상을 알리도록 하죠, 라는 콘도 씨에게 쿄코 씨는,

"그거 다행이네요."

라고 수긍하더니, "저어, 콘도 씨. 대략 해결 편도 끝난 시점에서 뻔뻔스러운 부탁을 좀 해도 될까요?"라고 화제를 전환하는 듯한 소리를 했다.

……? 여느 때의 쿄코 씨라면 여기서부터는 보수에 관한 이야기가 될 텐데. 뻔뻔스러운 부탁이라니?

"물론 상관없습니다. 제가 할 수 있는 일이라면 무엇이든 말씀하시죠."

망각 탐정을 상대로 그런 표현은 않겠지만, 이번에도 역시 쿄코 씨의 도움을 받은 콘도 씨가 당연하다는 듯이 그렇게 수락했다.

"말씀하신 그 콘티라는 건 『베리 웰』의 다음 주 분량 콘티죠? 네, 낮에 말씀드렸듯이 저는 사건 예습차 최신화까지 읽었는데

요… 다음 화가 궁금해서 말인데 그 콘티를, 가기 전에 읽을 수 있을까요?"

완성 전의 콘티를 보고 싶다는 것이니 정말 뻔뻔스러운 요구였다. 그렇지만 이것은, 이제 일 때문도 아니고 내일이면 잊어버릴 것이 확정되었지만, 비록 완성 전 상태여도 쿄코 씨로 하여금 읽고 싶게 만드는 힘이 후모토 선생님의 원고에는 있다는 사실의 방증이었다.

그것은 이 사건에 있어 네 번째로 확실한 사실이었다.

"…오늘 밤 중이라고는 했지만 창작 활동이니까요. 몇 시가 될지는 모르는데요."

"상관없어요. 가장 빠른 탐정도 때로는 기다리니까요."

"그럼, 어떻게든 해 보죠."

상식 밖일 정도로 무리한 부탁이었지만, 콘도 씨는 큰 위안이라도 받은 듯 환하게 웃음 지었다.

종 장

집필하는 카쿠시다테 야쿠스케

훗날, 내 전 직장인 추리소설 전문 헌책방, 고서점 '신소도'에 앞치마와 우산을 돌려주러 갔을 때 점주님에게서 이야기를 들을 수 있었다. 그로써 유언 소녀가 뛰어내린 동기의 대략적인 부분이 눈에 보였다. 적어도 보일 듯 말 듯 했다.

아니.

유서가 날조였던 이상, 이제 그녀를 유언 소녀라고 부르면 안 될 것이다. 한 명의 여중생으로서 정확히 사카세자카 마사카라고만 불러야 한다.

망각 탐정의 임무가 끝나고 순조롭게 후모토 선생님의 은퇴 선언도(물론 그 후에도 옥신각신이 있었으나) 철회된 지금 새삼스럽게 거론할 만한 일이 아닐지도 모르지만, 그래도 관여한 사건에 대해 '동기는 불분명'으로 얼렁뚱땅 넘기는 것은 내 주의에 어긋난다.

주의가 아니라 의견, 의견이 아니라 이 또한 어차피 감상일지도 모르지만, 익명성 높은 청소년 사건이라고 해서 전부를 '마음의 어둠'으로 결론지어도 좋은 건 아니리라.

어둠에 빛을 비추는 건 어른의 역할이다.

현재 무직인 내가 말해 봤자 설득력은 없을지도 모르지만.

그것은 내가 '신소도'에서 근무를 시작하기 전의 일이 되는데, 사카세자카 마사카는 그 가게에 초등학생 때부터 드나들었다고 한다. 이른바 단골이었다.

그런 성격의 점주님인지라 단골이든 아니든 커뮤니케이션은 없었던 모양이지만. 점주님은 빌딩에서 뛰어내린 소녀가 가게 손님이었음을 처음부터 알고 있었던 모양이다.

사카세자카 댁에 불법 침입한 쿄코 씨가 입수해 온 정보 중 사카세자카 마사카의 방에는 책장이 없었다는 게 있었다. 그것을 당시 우리는 '책은 버리는 주의'인가 보다 판단했지만, 책에는 버리는 것 이외에도 처분할 방법이 있다.

남에게 주거나, 그리고 헌책방에 팔거나.

출판사의 적이라면서 콘도 씨는 떨떠름한 얼굴을 할지도 모르지만 초등학생에게 있어 헌책방 이용은 생명선일 것이다. 책을 판 돈으로 다음 책을 산다는 방식으로 사카세자카 마사카는 책장을 필요로 하지 않고도 계속 책을 읽을 수 있었다.

도대체 어떤 인생이지, 라는 식으로 생각되지 않는 것도 아니지만.

나에 대하여 매스컴에 전혀 말하지 않은 것과 마찬가지로 그녀를 손님으로서 알고 있었다는 사실에 대해서도 점주님은 입을 다물고 있었다는데, 그건 애초에 완고한 경영자의 미디어 혐오라는 것 때문이었지만, 요즘 시대의 기업보다도 개인 정보에 대한 배려가 훨씬 철저하게 이루어진다고도 할 수 있었다.

하긴, 사카세자카 마사카의 경우에는 그 배려가 역효과를 낳았다. 아니, 그럼에도 여전히 배려가 부족했다.

내가 고용되기 직전쯤의 일이었다.

점주님으로서는 그저 충동에서였는지, 내게 우산을 빌려주었을 때와 같은 서툰 다정함에서였는지, 아니면 그날 소녀의 모습에 뭔가 마음에 걸리는 점이라도 있었는지 처음으로, 가게에 온 그 작은 단골손님에게,

"애야."

라고 말을 걸었다고 한다.

"네가 좋아할 만한 책이 들어왔다."

…그 말에 사카세자카 마사카는 순식간에 파랗게 질려 도망치듯 가게 안에서 뛰쳐나갔다고 한다.

그 당시 점주님은 영문을 알 수 없었던 모양이고, 그 이후로도 그녀가 왜 도망쳤는지 진정한 의미에서는 이해할 수 없었다고 한다. 단순히 가게 사람이 말을 걸면 거북해하는 수줍은 아이였다는 식으로 생각하여 자신을 납득시켰다고 한다.

그러나 명탐정과 거의 하루 온종일 사카세자카 마사카에 대해 조사 활동을 했던 나는 금세 그 이유를 알 수 있었다.

'어떤 책을 좋아하는지'를 간파당한 게 열두 살 소녀로서는 견디기 힘들 만큼 부끄러웠던 거다. 자신이 어떤 인간이고, 무엇을 생각하고, 어떤 걸 좋아하는지가 타인에게 알려지는 것을 병적일 정도로 싫어하는.

병적일 정도로 두려워하는 소녀가 바로 사카세자카 마사카이

므로.

그러므로 그녀는 헌책방에서 도서를 구입하거나 팔 때도 당연히 위장을 했을 텐데, 점주님의 눈은 속일 수 없었다. 어떤 책을 선호하는지가 당연한 듯 들통나 있었다.

그녀는 분석당하는 걸 싫어하는 것 같다고 간파했던 학교 도서실의 사서도 그렇고, 역시 프로 앞에서 그런 위장은 어린아이의 얕은꾀에 지나지 않는 모양이다.

그렇지만 그것을 어린아이의 얕은꾀라고 생각한다면 어린아이의 섬세함에 대해서도 배려는 있어야 했다. 물론, 그처럼 '늘 하던 걸로'로 통해 버리는 대화를 선호하는 고객층도 많겠지만 세상에는 그 반대의 층도 많다.

사카세자카 마사카에게 있어 마음을 들키는 건 알몸을 들키는 것보다 훨씬 굴욕적인 일이었다.

죽고 싶을 정도로.

죽이고 싶을 정도로.

그 어린아이 같은 살의를 분산시켜 줄 환경이 그녀에게는 없었을 거라고 쿄코 씨는 말했었다. 가족과 반 친구도, 담임 선생님도, 누구도 그녀를 막을 수 없었다. 특별히 정면으로 마주하고 대화할 필요도 없이, 이를테면 함께 게임을 한다거나 하는 정도의 다정함만 있었으면 그것으로 끝났을 만한 일이었다고 생각하지만.

그러므로 뛰어내렸다.

부끄러웠기 때문에 죽었다고 여겨지는 것도 부끄러워서 자살한 척을 했다. 그렇지만 친구가 없어서, 가정에 문제가 있어서 자살했다고 여겨지는 것도 부끄러워서 날조 유서를 만들었다.

만화의 영향으로 자살했다고 여겨지는 것 또한 부끄럽지 않느냐는 건 역시 동심을 잃은 어른의 감각일 테고, 게다가 쿄코 씨도 말했지만 날조한 위장이 곧이곧대로 받아들여진다면 그것은 그리 큰 문제가 아니었는지도 모른다.

오히려 보기 좋게 속일 수 있어 유쾌할 정도이리라.

나 같은 인간이 보기에는 오해받는 편이 기쁘고 이해받는 게 굴욕이라는 감성은 성격 파탄 같기까지 하지만, '이해받지 못하는 자신'이라는 아이덴티티를 소중히 여기려 하는 10대의 마음이라면 어느 정도는 공감할 수 있다.

그 공감이야말로 그녀는 싫어하지만.

바꿔 말해, 학교에서 겉도는 것이라든지 가정에서의 문제는 그녀에게 있어 충분히 자살 이유가 될 수 있었다는 해석도 가능할 것 같지만. 덧붙이자면.

점주님을 죽이기 위해 뛰어내렸다는 살의 쪽이 페이크로, 그녀는 줄곧 품어 온 자살욕구를 충족시키기 위해 구실을 찾고 있었을 뿐이 아니었을까, 라는 식으로도 생각한다.

어떤 이유에서든 사람은 사람을 죽이고 사람은 자신을 죽인다.

그렇다면 참 얄궂은 일이다.

유서에 분명하게 제목이 적혀 있었던 후모토 선생님의 작품만큼은 유서에 쓰여 있었다는 이유로 예민한 소녀가 뛰어내린 이유의 후보에서 제외되니까.

점주님이 아니라 나와의 추돌을 감행하고 만 것은 표지인 우산 때문도 있었지만 도망쳐 나온 날 이후로 내가 그 가게에 고용된 사실을 그녀가 몰랐다는 것도 있으리라. 결국 내가 눈에 띄게 거론되는 바람에 사카세자카 마사카가 쓴 유서가 표면화되는 일은 없었지만.

그러고 보면 쿄코 씨의 평가 이상으로 사카세자카 마사카의 계획은 무엇 하나 제대로 굴러간 게 없다고 할 수 있다. 실패뿐이라서 그것을 계획이라고 말하기도 우습다.

사춘기에도 못 미치는 섬세한 부끄러움이 동기였다고 한다면 어쩐지 사랑스럽기까지 하지만, 그런 식으로 이해하는 건 좀 잘못되었다.

잘못되었다고 생각한다.

그야, 만약에 그녀의 계획이 순조롭게 끝났을 케이스를 상상하면 전율을 금할 수 없으므로. 친절에서 우러난 말을 걸었을 뿐인 점주님이 영문도 모른 채 죽임을 당하고, 한 만화가의 작가 생명도 끊어졌을 것이다.

…자살도 '성공'했을지 모른다.

용서될 일이 아니다.

사과한다고 끝날 일이 아니고, 설령 죽는다 해도 갚을 수 없다.

열두 살 소녀라면 형사 처벌은 받지 않고 쿄코 씨에 의한 해결이나 해석도 공표되지 않는다. 이 사건은 그야말로 어둠 속에 묻히게 되지만, 묻히는 것으로 끝나서야 너무 희망이 없다.

그러므로 지금도 집중치료실에서 나오지 못한 사카세자카 마사카는 반드시 의식을 회복하길 바란다. 죽는 데 실패하길 바란다. 그리하여 언젠가, 호불호에 상관없이 내가 쓴 이 사건에 관한 비망록을 읽게 해서 얼굴이 화끈거릴 만큼 실컷 부끄러움을 느끼게 하자.

어이없이 죽는 건 용서하지 않겠다.

소녀가 살아남아 창피를 당하고, 계속 살길 바란다.

그러고 보니 콘도 씨에게 들은 바에 따르면 후모토 선생님은 현역 유지를 결단할 때 이런 말을 했단다.

"사건을 일으키면 자신이 좋아하는 만화에 피해를 줄지도 모른다고, 한순간 단념했다가도 다시 앞으로 나아가는 작품을 그릴 생각이야."

쿄코 씨의 의견과는 다르고 그런 결의 표명으로 해피엔딩이라 하긴 힘들지만, 그것은 그것대로 프로페셔널의 말일 것이다.

물론 풋내기인 내게는 그만한 각오가 없고, 더구나 내 글이 그녀에게 좋은 영향을 줄 거라고 건방을 떨 생각은 없다. 변변찮은 글이 읽히는 건 정말 진땀 나는 일이지만 어떤 의미에서 나와 그녀는 생사를 함께한 사이다. 서로 간에 부끄러움을 느끼자.

투신을 막기 위한 방법은 옥상에 울타리를 만드는 것이 아니다.

떨어지면 아프다고, 똑똑히 가르쳐 주는 것이다.

덧붙임

개인적인 일이지만, 오른팔과 오른쪽 다리, 두 곳에 걸친 골절은 사건 해결로부터 딱 두 달 후에 회복되었다. 근육이 약간 빠졌으므로 한동안 재활치료는 필요하겠지만, 일단 이로써 나는 겨우 구직 활동을 재개할 수 있게 된 셈이다.

떼어 낸 깁스를 처리하려고 정리하는데 그 순간, 허벅지 깁스 뒷면에 작게 무슨 글씨가 쓰여 있음을 알아차렸다.

'완치 축하합니다♡'

쿄코 씨의 필적이었다. 하트 마크 옆에는 서명 대신인지 안경 쓴 탐정으로 보이는 큐트한 일러스트까지 그려져 있었다. 왠지 장식으로 만화 같은 고양이 귀가 덧붙여져 있다.

내 시점에서는 보이지 않는 곳에 적혀 있었던 이러한 메시지는 하트 마크도 일러스트도 친밀감의 표현이라기보다는 적절한 장난 같았다.

어느 사이에….

나는 두 달간 알아차리지 못한 채 줄곧 이 시한폭탄 같은 보복성 메시지와 함께 매일을 보낸 것인가…. 보복당할 일은 한 기억이 없지만, 그렇게 생각하니 쓴웃음을 금할 수 없었다.

깁스에 낙서라니, 여중생 같다.

골절을 동경했었다고 열띤 어조로 말하던 쿄코 씨를 정겹게 떠올리면서, 그러고 보니 '자살이 아니었다면?'이라는 망각 탐정의 허벅지 안쪽에 쓰여 있었던 메시지는 실제 어떤 사건의, 무엇에 대한 메시지였던 것일까, 하는 게 지금에 와서 새삼 궁금해졌다.

메시지의 내용은 물론이거니와 메시지의 위치가 말이다. 이렇게 쓰여 보고 비로소 알게 되었지만, 자신에게 잘 보이지 않는 위치라는 건 당연히 스스로는 쓰기 힘든 위치이기도 한데… 그렇기 때문에야말로 쿄코 씨가 그녀답지 않게 미처 지우지 못하기도 했을 테고, 그렇다면 쿄코 씨는 대체 어떤 상황에서 허벅지 안쪽에 그 메시지를 쓰는 전개를 맞이하게 되었을까.

물론 궁극의 묵비의무에 보호되는 망각 탐정의 '어제의 사건'을 내가 알 방법은 없지만… 아니.

없을 터였지만, 이 직후 생각지도 못한 뜻밖의 기연으로 나는 쿄코 씨가 이번 사건 전날에 관여했던 사건에 대해 알게 되었다.

그것은 자이아쿠칸罪惡館 살인 사건이라고 불리는 특이한 범죄였다.

오키테가미 쿄코의 유언서 끝

◈작가 후기◈

'만약에 내일 지구가 멸망한다면 마지막으로 어떤 가게에서 식사하고 싶은가?'라는 심리 테스트가 있는데. 뭐, 맛있는 것이 라든지 진귀한 것이라든지 추억의 한 끼라든지, 이런저런 답이 떠올라서 대답을 좁히기가 어렵지만, 곰곰이 생각해 보니 '내일 지구가 멸망하는 마당에 과연 요리사가 일을 해 줄까?'라는 의 문이 머릿속을 스칩니다. 그렇게 되면 식재료 조달부터 조리까 지 모두 자신들이 직접 할 수밖에 없는데, 그 역시 내일 지구가 멸망하는 마당에 제대로 된 식재료와 조리 기구가 손에 들어올 지 어떨지는 심히 의문입니다. 지구나 세계라는 건 그처럼 '확' 막을 내리듯 멸망하는 게 아니라 그에 이르기까지의 경과와 과 정, 단계라는 게 있어서, '내일 지구가 멸망하는 날'이라는 건 '지구가 거의 멸망한 오늘'과 동의어이지 않을까 생각합니다. 멸 망하려고 하는 건 멸망한 것과 과연 얼마나 다른가 하는 문제이 기도 한데, 그렇게 되면 지구나 세계처럼 스케일이 거대한 테마에 대해 이야기하기 이전에 사람 목숨의 '살아 있음'과 '죽어 있음'에 대한 구분이 얼마나 정확한 것인가 하는 식으로 생각하고도 싶어집니다. 살아 있으면서 죽어 있는 것과 다름없다는 관용구라든지 모두의 마음속에 살아 있다는 상투어가 반드시 먼 비유만도 아니라고 할까. '조만간 죽는다면 더 열심히 살겠지'라고 격려해도, 이 말을 따져 보면 '열심히 살지 않는 시점에서 넌 이미 죽은 거나 마찬가지다'라고 단죄하는 듯한 느낌도 듭니다. 그렇지만 뭐, '이미 죽었다'라고 생각하면 이래저래 털어 버릴 수 있어 미련도 사라지고, 각오도 다져지는 법일지도 모릅니다.

　이리하여 망각 탐정 시리즈 제4탄입니다. 카쿠시다테 야쿠스케, 귀환입니다. 귀환하자마자 험한 꼴을 보는데⋯ 뭐, 좋은 꼴도 보니까 퉁친 것으로 합시다(퉁쳐지나?). 돌이켜 보면 시리즈 제1탄 『오키테가미 쿄코의 비망록』이 발간된 때가 딱 1년 전이므로, 벌써 제4탄인가 생각하니 가장 빠른 탐정의, 휴식을 잊기라도 한 듯한 빠른 속도에 작가는 아연해집니다. 게다가 다다음 달에 발간되는 제5탄이 이미 예고되었다고 하니⋯ 쿄코 씨, 타이핑 속도보다 빨리 일하지 말아 주실래요? 그런 느낌으로 『오키테가미 쿄코의 유언서』였습니다.

표지는 세일러복 차림의 쿄코 씨입니다. 게다가 본편을 다 읽
으신 분은 아시겠지만 이 세일러복, 중학생이 입는 것입니다.
원래는 괜찮을까 걱정될 수도 있는 모티프지만 VOFAN 씨가 아
름답게 그려 주셨습니다. 감사합니다. 쿄코 씨의 속도에 동행해
주는 코단샤 문예 제3출판부에도 감사드리며,『오키테가미 쿄코
의 사직서』집필에 들어갈까 합니다.

니시오 이신

망각 탐정 시리즈 제5탄

오키테가미 쿄코의 사직서

일신상의 사유를 잊어버렸습니다.

NISIOISIN
니시오 이신

Illustration/
VOFAN

저자 니시오 이신

1981년 출생. 『잘린머리 사이클』로 제23회 메피스토상을 수상하며 2002년 데뷔했다.
『잘린머리 사이클』로 시작되는 〈헛소리 시리즈〉, 처음으로 애니메이션화된 작품인
『괴물 이야기』로 시작되는 〈이야기 시리즈〉 등, 작품 다수.

일러스트 VOFAN

1980년 출생. 대만 거주. 대표작으로는 시(詩) 화집 『Colorful Dreams』 시리즈가 있다.
2006년부터 〈이야기 시리즈〉의 표지, 캐릭터 디자인을 담당.

오키테가미 쿄코의 유언서

2020년 12월 10일 초판 발행

저자	니시오 이신
일러스트	VOFAN
옮긴이	정혜원

발행인	정동훈
편집 팀장	황정아
편집	노혜림

발행처	(주)학산문화사
등록	1995년 7월 1일
등록번호	제3-632호
주소	서울특별시 동작구 상도로 282 학산빌딩
편집부	02-828-8838
영업부	02-828-8986

ISBN 979-11-348-1590-5 03830

값 12,000원